殿の怪

夜逃げ若殿 捕物噺6

聖 龍人

時代小説

二見時代小説文庫

目次

贋《にせ》若殿の怪

――夜逃げ若殿 捕物噺6

第一話　独楽《こま》の縁

一

えい！

深夜に、勇ましい女の声が聞こえた。

ここは、両国橋の袂《たもと》。川風がすでに秋から冬の冷たさを含んでいる。

昼は、露店で賑わう広小路界隈《かいわい》も、いまは木戸が締まろうという刻限。こんな頃合いにどうして女の声がするのか、とのんびり柳橋《やなぎばし》から歩いてきた侍は、足を止めた。

「あの声は？」

剣呑《けんのん》な雰囲気を醸《かも》し出しているせいか、眉をひそめながら、

「行ってみるか」

呟《つぶや》きながら、白っぽい衣服の侍は、両国橋の袂に向かった。

その後、声は聞こえなくなっている。

橋の西詰に着くと、

「おやぁ?」

侍は、周囲を見回す。

持っている提灯《ちょうちん》を、ぐるりと回したが、明かりに入ってくるのは、大戸を閉めた商家や、葦簀《よしず》が立て掛けられたままになっている、掛け小屋の陰だけだった。

角の辻灯籠《つじどうろう》の明かりが、通りの一部を照らしているが、そこに人の気配はない。

「気のせいだったのかな?」

そんなはずはない、とひとりごちながら、侍は、さらに目を凝《こ》らした。

と――。

「おやぁ?」

辻灯籠の後ろに、なにやら影が見えた。侍が提灯をかざしながら、前に進んでいくと、人が倒れているように見えた。

「これ……」

声をかけたが、相手はぴくりともしない。

「これ、このようなところで寝ていると、風邪《かぜ》をひくぞ」

普通なら、寝ているとは思えないのだが、どうも、この侍はどこか浮世離れをしているようだ。

「これ……起きたほうがよいぞ」

ふたたび声をかけると、

「きえ！」

どこに隠れていたものか、いきなり、怪鳥《けちょう》のような叫び声とともに、誰かが打ちかかってきたではないか。手には棍棒のようなものを持っている。

「おっと、っとと」

侍は、提灯を持ったまま、踊りのような仕草で、その攻撃を避けた。

「なに？」

相手が、驚きの声を上げると、侍は、

「なにをする。危ないではないか」

「…………」

相手は、闇に溶けて顔ははっきり見えない。だが、叫び声からすると、女である。

「おぬし……娘か？」

侍が、興味深そうに訊いた。

「まさか、お雪《ゆき》さんではあるまいなぁ」

「なに?」

侍の言葉に、打ちかかってきた娘が怪訝《けげん》な声で訊いた。

「……誰だ、そのお雪とは」

「違ったのなら、それでよいのだ」

「……お前、偉そうなやつだな」

「お前さんは、言葉が汚いのぉ」

「くそ」

「若い身空《みそら》でそんな汚い言葉を使ったらいかぬなぁ」

「大きなお世話だ」

「いやいや、まだ世話などしておらぬから気にせずともよい」

と——辻灯籠の後ろから、唸《うな》り声が聞こえた。男の声だ。侍がそちらに提灯をかざすと、若い男が、頭に手を当てながら、

「誰だ、いきなり殴りかかってきたのは?」

ぶつぶつと文句をいいつつ、辻灯籠の陰から出てきたのは、法被《はっぴ》を着た職人ふうの

若い男だった。

　侍が提灯を持って立っている姿を見つけると、

「や！　てめぇか！」

　体を沈めて、喧嘩の態勢を取った。

「待て待て……早まるな」

「なにぃ？　いきなりねずみのように出てきて、人の頭をぶっ叩くとは、なにごとでぇ。二本差しだとしても、おらぁ、怖くはねぇぞ！」

　若い男は、叫ぶと侍めがけて突っ込んだ。

「おっっととと、いかぬいかぬ、それでは、腰がふらついておるぞ」

　どこをどうやったのかわからぬが、若い男は、三間《げん》近くも吹っ飛んで、またその場に転がることになった。

「く、くっそぉ！」

　悔しそうな声を出すが、立ち上ることができないらしい。その場で、うんうん唸っているだけである。

　侍は、男のそばに寄っていくと、

「早とちりもいいかぜんにしたほうがいいなぁ」

「なんだと？」

あっちだ、と侍は指さした。その先に若い女が立っている姿が見える。ぼんやりと辻灯籠の薄明かりに浮かんでいるだけなので、男にその顔は見えない。

だが、そろそろ冬になろうとしているのに、単衣《ひとえ》を着て、足を出している姿が見えて、

「なんだ、あれは？」

と、首を傾《かし》げた。

「なんだ、お前も知らぬのか」

「知るわけがねぇ。あっという間に頭をぶっ叩かれたんだ」

提灯の明かりで見える男は、まだ頰や口元に幼さを残している。おそらくは、二十歳前だろう。

男は侍を見て、あんたは誰だい、と訊いた。

「私か？　まぁ、誰でもよいではないか」

「ち……今日はついてねぇぜ」

「お前、名は？」

「へん……まったく今日はついてねぇや」

「ついてねぇ、という名前か」

「うるせい！　留助《とめすけ》というちゃんとした名前はあるんだ」

「留助さんか、なるほど」

侍は、なにがうれしいのか、にこにこ笑みを浮かべた。次に一言も発せずにいる娘に目を向けた。

「知り合いではないのか？」

提灯を掲げて、娘の顔が見えるようにする。留助と同年齢だろうか、やはり、頬には幼さが残っていた。

江戸の女たちと違うのは体つきだ。女にしては肩幅があり、胸も分厚い。露《あらわ》にしている太腿《ふともも》は、丸太のようだった。

侍は、一歩前に出て、

「江戸者ではなさそうだが……名は？」

「甲州から出てきたんだ」

「ほう」

「さやか、ってんだよ」

「なかなかいい名前であるなぁ。しかし、その言葉遣いは改めたほうがいいぞ」

「なんでだよ！」

「ほれほれ。その乱暴な口ぶりは、いかぬ」

「ふん」

「よいか、きれいな目を持ちたければ、きれいなものを見ればよい。美しい唇を持つためには、美しい言葉を選ばねばならぬ」

「大きなお世話だい」

「で……甲州からなにをしに江戸へ？」

「兄さんを探しに来たんだ」

「お兄さんは江戸に出てきているのか」

「神田の須田町《すだちょう》というところにいるって文《ふみ》が来ていた」

「須田町は、ここではないぞ」

「だから、場所を訊こうとしたのに、あの男はいやらしいことをしようとしてきたから、この棒でぶんなぐった」

さやかの言葉に、留助は、そろそろとその場から逃げようとする。

自分のしたことがばれて、ばつが悪くなったらしい。侍は、提灯を留助に向けると、

「こらこら、逃げてはいかぬぞ」

　留助は、ぱんぱんと裾のほこりを叩き落としながら、

「ち……つまらねぇことしてしまったぜ」

「この娘の話では、お前が悪さをしたから頭を殴ったといっているが、どうだ」

　留助は、ふんと鼻を鳴らして、

「あぁ、そうさ、そうだよ。だって、見てみろよその格好。そんな太腿を出してたら、このあたりに出る夜鷹かなにかと思われてもしかたねぇぜ」

「なるほど」

　いわれてみれば、確かに普通の女がする格好ではない。

「あぁ、山から下りてきたから、こんな格好をしてるんだ」

　娘が答えた。

「お前の家は、御師《おし》でもやっていたのか」

　御師とは、富士山を登るときに、案内をする者を呼ぶ。

「まぁ、それに似たようなことをしている」

「そうか、さて……」

　侍は、ふたりの顔を見比べた。

「それにしても、さやかさんは、どうしてこんな場所にいたのだ？」

「迷ったんだよ。内藤新宿《ないとうしんじゅく》とやらに着いて、それから、須田町に行こうとしたんだ。その辺にいた年寄りに訊いたけど、よくわからねぇが、といいながら、あっちだといわれてこっちに向かって歩いてきたんだ」

「お前の話もよくわからねぇぜ」

留助は、ばかにする。

「まぁ、いいだろう」

侍は、笑いながら答えた。

「ところで……」

留助が怪訝《けげん》な声を出した。

「お侍さまは、どなた様です？」

「だから、気にすることはないと申しておる」

「そうはいかねぇ。袖がなんとかで多生の縁とかなんとか……。名前くれぇは訊いておきてぇ」

「それをいうなら袖触れ合うも多生の縁だ。道理ではあるな」

にんまりとしながら、答えた。

「上野山下《うえのやました》に、片岡屋《かたおかや》という美術、書画、古物、さらに刀剣などを扱う店《たな》があるのだが、知っておるかな？」

「さぁ知らねぇなぁ」

留助は、あっさりと答えた。

「それは困った。そこに居候しておる名物目利き、千太郎《せんたろう》というのが私なのだぞ」

「そんな店は知りませんよ」

そうか、とのんびりした侍……千太郎は、にんまりしながら、

「しかし、さやかさんは、そんな格好をして、寒くはないのかな？」

さやかは、なにを訊かれているか、わからないという顔をしている。

「まぁ、いいだろう。それにしても、こんなところにいつまでもいるわけにはいくまい。今日の塒《ねぐら》は決まっておるのか？」

「あったら、こんなところでうろうろはしていねぇよ」

千太郎は、顔をしかめて、

「……その言葉遣いはやめたほうがいいぞ。いねぇ、ではなくて、いません、だ」

「そうそう簡単に変えるのは無理だ」

さやかは、眉をひそめた。

「まぁ、よい。では、私と一緒に来るか？」

「あん？　お侍さまと？」

「私は、そこのでこすけとは違うからな。よからぬ行為などには及ばぬから心配はいらぬぞ。ちゃんと許嫁《いいなずけ》もあるでな」

留助が、いやぁな顔をした。

さやかは、なにかを窺うような目で、千太郎を見た。疑っているというよりは、助かったという目つきである。

留助は、ふたりを見比べていたが、

「じゃぁ、あっしはこれで失礼しますぜ」

「いや、待て」

千太郎が止めた。

「そちは、どうしてこんな刻限に、こんなところを歩いていたのだ」

「へぇ？」

「おかしいではないか。もう木戸は締まる刻限だ。住まいは近いのかな」

「まぁ、そんなようなものでさぁ」

「嘘はいかんぞ」

「本当ですよ」

留助は、ふんという顔をして、

「旦那には、関わりはねぇでしょう」

「そうはいかぬ。ここで出会ったのだからな。盗人、こそ泥の類《たぐ》いの者を見逃したとあっては、まずいことになるからなぁ」

「なにがまずいんです？」

「その返答は、やはりお前は、こそ泥か？」

「……違いますぁ。そんなけちなことをやるように見えますかい？」

千太郎は、提灯を近づけて留助の顔を照らした。

「見える」

「ち……まったく、なんてぇお侍さんだ」

「どうだ。こそ泥。どこの店を狙うつもりだったのだ」

「ですから、そんなことはしませんて」

「では、こんな場所にいた理由を述べよ」

そこに犬が一匹通りかかり、千太郎のそばに寄って、まとわりついた。犬から逃げようとしたとき、

「じゃぁ、旦那、また！」

叫んだ留助がすたこらと逃げだした。

苦笑しながら、千太郎はしゃがんで、犬の頭を撫でると、

「うまいところにお前が来たもんだなぁ」

囁《ささや》いて、さやかを見る。

「で、さやかさんはどうする」

「しょうがないから、一緒に行ってやるよ」

「ほう、そうか、では、そうしよう」

千太郎は提灯をついと差し上げて、道を示した。

二

「なんです、どうしたというんです」

「いや、それが……」

ここは、上野山下、片岡屋の奥座敷。大きな声を上げているのは、お雪だった。

このお雪、実の名は由布姫《ゆうひめ》といい、御三卿《ごさんきょう》の田安家《たやすけ》に繋がる姫様なのだが、そのじゃじゃ馬ぶりは、家臣たちの手に余るほど。

ときどき、屋敷を抜け出しては江戸の町に姿を現し、芝居見物やらおかしな事件が起きると顔を突っ込む。

もっとも、それは、片岡屋に居候している千太郎という不思議な侍と出会ってからのことで、なんと、この千太郎こそ、由布姫の祝言《しゅうげん》の相手、稲月家《いなづきけ》の若殿なのであった。

この稲月千太郎も、国許から江戸に出たが、このまま祝言をしてしまったら、気ままな生活から遠ざかる。その前に、少しだけ江戸の暮らしをしてみたい、と老臣、佐《さ》原源兵衛《はらげんべえ》の前で、

「いまから、夜逃げをする」

すたこら、稲月家の江戸屋敷から逃げ出してしまった。

慌てた源兵衛は、倅であり千太郎とは幼き頃から一緒に育った、市之丞《いちのじょう》に居場所を探させた。

市之丞は首尾よく、千太郎が上野山下の片岡屋にいることは突き止めたのだが、屋敷に戻って、祝言の準備をする気は見られない。

なしくずしのまま、千太郎が解決する事件を手伝っているうちに、由布姫のお供である志津《しず》と出会い、お互い好き合ってしまった。

そして、由布姫は、雪という名に変えて千太郎のそばで怪しげな事件解決に手を貸すこととなったのである。

出会った当初こそ、ふたりは相手の正体も知らず自分の身分も教えはしなかったのだが、何度も修羅場をくぐっている間に、お互い自分の祝言の相手だと気がついた。

だが、江戸の生活が楽しくなったふたりは、当分このままでいようと暗黙の了解の元、由布姫は、ときどき屋敷を抜け出し、千太郎は片岡屋での居候生活が続いているのである。

いま、雪こと由布姫が片岡屋を訪ねてきているのだが、片岡屋治右衛門《はるえもん》が千太郎に会わせようとしない。

そこで、さきほどの大きな声になってしまったというわけである。

片岡屋は、自分がどこの誰か忘れてしまった、という千太郎の言葉を鵜呑みにしている。由布姫のことは、おそらくどこぞ御大身の跳ねっ返りの姫様だろう程度には思っているが、まさか、将軍家にまつわる姫だとは夢にも思っていない。

「千太郎さんは、どこにいるのですか」

雪は、片岡屋に詰め寄るが、

「ですから、いまは……」

「なにが、いまは、です。いるのでしょう」

勝手知ったる他人の家である。由布姫は、さっさと千太郎の部屋に行こうとするが、

「ですから、後でもう一度……」

手で通せんぼをしながら、歯切れの悪い片岡屋の言葉に、由布姫は、目くじらをたてながら、

「なにを隠してるのです」

と詰め寄ったところに、

「あ～あ」

若い女が襦袢姿のまま、しどけない格好で出てきた。それを見た由布姫の足が止まった。

「な、なんですあなたは」

こんな時期に日に焼けた顔をしている。まだ二十歳前だろう。寝巻きの裾を絡《から》げ上げているので、太腿が露になっている。

由布姫の目は、とんでもないものを見たように、丸くなったまま動かない。それにもまして驚いているのは、片岡屋だった。

どこに目をやったらいいのか、わからぬという体《てい》で、

「さやかさん、そ、それはまずい」

鉤鼻《かぎばな》に尖った顎の強面《こわもて》が、あたふたしている。

「さやか、さんですって」

由布姫の目がじろりと動いた。

「あら、あんた誰？」

悪びれもせずに、問われて由布姫は、

「あなたこそ、なんです。千太郎さんのところから出てきましたね」

「あぁ、そうだよ」

なにか文句があるか、という目つきである。ふたりの視線に火花が飛び散った。

「まぁまぁ、おふたりさん、そんな顔をしないで」

片岡屋は、なんとか間に入ろうとするが、ふたりは睨みあったまま、動こうとしない。

そこに、千太郎がねぼけた顔でやってきたから、もっと事態は大変なことになりかける。

片岡屋は、千太郎を見て、

「なんとかしてくださいよ」

と、自分はさっさとその場から離れていく。

千太郎は、なにが起きたのか、わからぬという顔で、ふたりを見比べる。

「やぁやぁ、雪さん、来てたのですか」

由布姫は、きっと千太郎を見つめて、

「説明してもらいましょうか」

と、詰め寄った。

「なにをです？」

「まぁ、なんて言い草。私が誰かお忘れですか！」

「いえ、雪さんでしょう。ちゃんと覚えてますよ」

「ですから……まったくもう！」

千太郎は、まったくわからぬ、という目つきである。さやかは、ふたりのやり取りを見ながら、

「あんたが、お雪さんか……そういう仲だったのか」

にやにやしたまま、由布姫を見つめた。

由布姫は、目の前にいる娘が田舎から出てきたばかりだと気がついたらしい。ふ、っと肩の力を抜いて、

「あなたは、江戸の人ではありませんね」

「甲斐《かい》の山から来たんだよ」

「ははぁ……やはりねぇ」

「なにがやはりだい。その偉そうな鼻をへし折るくらいなら、簡単だ。いつもは熊と遊んでいるんだからなぁ」

「まぁ……」

さすがの由布姫も、言葉を失った。

千太郎は、ようやくふたりが衝突している原因に気がついたらしい。

「あのう……雪さん。誤解をしたらいかぬ。この人は、甲斐の山から下りてきて、兄を探しているのだ。住む家がない、というので、昨日はここに泊めただけで、それ以外の他意はないのだ」

「あら、そうですか」

由布姫は、冷たい声で応じた。

「そんな目をされては困るなぁ」

「なにがです」

「もっと、楽しくやらねば」

「冗談はやめてください」

「だがなぁ……助けてやらねばならぬであろう?」

千太郎は、必死に状況の説明を始めた。

昨夜、両国橋の袂で、剣呑な声を聞いたこと。男が倒れていたこと。そして、さやかと会ったことなどをこんこんと説《と》いた。

途中までは、横を向いていた由布姫だが、最後は、まっすぐ千太郎を見ていた。

話が終わると、大きくため息をついて、

「まぁ、そういうことならしょうがありませんが……」

「いや、わかって、もらえたならうれしい」

千太郎が、嬉しそうな顔をすると、

「完全に、許したわけではありません。両国でなにをしていたのです。その話が出てきていません」

「あぁ、それは……ちといえぬ」

「なんですって!」

「あいや、よからぬことをしていたわけではない。ちと、ある者と会っていたのだ。

しかし、それは、その者と他言はせぬという約束をしたもので、いや、こればかりは、勘弁願いたい」

しどろもどろの千太郎に、由布姫は、またもや眉を吊り上げる。その怒りを見て、
千太郎は、ううむ、と唸りながら、

「では、仕方あるまい、ちこう」

由布姫を手で招いた。

なんです、といいながらも由布姫は、耳を貸す。

「じつは」

千太郎は、小さな声でなにかを告げると、

「なんですって！」

由布姫の声が裏返った。

「まさか！」

「し……」

千太郎は、由布姫の唇を指で押さえた。

しばらく、そうしてじっとしていると、ふたりは、頷き合う。

「それは、驚きですよ」

数呼吸してから、由布姫が呟いた。

「だから、あまりいいたくはなかった」

「でも、黙っていたのでは、話が進みませんでしょう」

「そうなのだ、まぁ、いつかは教えるつもりではいたのだけどねぇ」

由布姫は、にんまりしながら、千太郎を見ている。その目には、なにか問いかけようとする色があった。

それに気がついた千太郎は、慌てて、

「いや、いや、私たちは……」

その言葉に、由布姫は、ふふっと笑みを浮かべるのだった。

三

翌日、千太郎は岡っ引きの弥市《やいち》と須田町を歩いていた。さやかも一緒だが、さすがに今日は、太腿露な単衣ではない。

由布姫が、昨日、そんな格好で町を歩いてはいけない、どんな目に遭うかわからない、と諭《さと》して嫌がるさやかを近所の呉服屋に連れて行って、誂《あつら》えた小袖だった。

秋らしく、裾にかえでの小紋が散らばっているのだが、そのような小袖を着こなすには、少々、乱暴な歩きである。

裾をひらひらと開かせて歩くせいで、ふくらはぎから、早足になるとぱっとまくり上げてしまう。

千太郎が、そんな格好をするのは、やめなさいと注意をすると、しまったという顔ですぐ降ろすのだが、そのたびに、ふくらはぎから、太腿が見え隠れする。

弥市は、楽しそうにさやかを見ている。

三人は柳原の土手を歩いていた。柳の葉が風に揺れて、昼でもなんとなく幽霊が手を下げているように見えた。

さやかは、それが怖いといって、千太郎と弥市を笑わせていた。まだまだ子どもらしい。

「で、千太郎の旦那、その須田町にこのさやかって女の兄貴がいるんですかい」

「どうだ、さやかさん」

千太郎の問いに、さやかは文が来たから、と自信満々である。だが、その文を読んだのは、三年前のことだというから、まだ、そこに住んでいるのかどうかは定かではない。

それに、どんな仕事をしているのか、詳しいことはまったく書いていなかった、ただ、須田町に住んでいる、という内容だけだったというのである。

「もう移っているかもしれねぇ」

弥市は、岡っ引きの勘だと怪訝な目つきをする。

千太郎も、同じ意見なのか、ただ頷いているのだったが、さやかだけは、そうそう家移りなどするわけがない、という。

「江戸にいると、そんなに落ち着いてはいられねぇんだ」

弥市がいうと、

「どうしてだい。甲州の山暮らしは十年どころか五十年だって同じところから移りはしねぇよ」

「江戸と山暮らしを同じにするな」

薄ら笑いで弥市が答えた。さやかは、不思議そうな顔を変えずにいる。あちこちへと家移りするという意味がわからぬらしい。

「わからねぇものはしょうがねぇが、とにかく、一ヶ所にいるかどうかは、そいつの了見《りょうけん》しだいというわけだ」

「了見とはなんだい」

さやかは、男のような喋りを変えようとしない。弥市は、半分呆れながら、ふんと鼻を鳴らした。

「きちんと仕事についているかどうか。嫁取りをしたなら、家族を泣かせずに暮らしているかどうかだ」

「それなら、大丈夫だ。兄さんはしっかり者で通っていたのだから」

「だがなぁ。江戸の水に染まるとろくでもねぇ生活を始める地方者は多いぞ。俺も、そんな連中を数多く見ているからな」

弥市の言葉に、さやかは、不服そうに、

「兄さんは心配ないんだよ！」

とうとう叫んでしまった。

そうかい、と弥市は面倒くさそうに、答えてから、

「で、兄貴の名前は？」

「猪太郎《いたろう》っていうんだ」

猪のように強い男に育ってほしいと、父親がつけたという。

「そらぁ、さぞかし立派な男に成長したんだろうなぁ」

その問いに、さやかは首を垂れた。

「それが、病弱でそれほど男らしくはなかった。それで、あたいが、周りからいじめ

られる兄さんを助けるために、男みたいになっちまったんだよ」

弥市は大笑いする。さらに、千太郎が追い討ちをかけた。

「名は体《たい》を表すというが、例外をこれから見られるらしい」

さやかは、千太郎を睨みつけたが、言葉で喧嘩を売るようなことはしなかった。

やがて、須田町に着いた。

このあたりは、戸田家、松平家、土井家など武家屋敷も多く、町人と同じように、侍の姿も多い。

さやかは、侍の姿が珍しいのか、背中を伸ばして進んでいく者たちに、ときどき目を奪われている。

「侍が珍しいのか」

千太郎が問うと、

「違う違う。兄さんがいないか探しているんだ」

「猪太郎は、町人だろう。侍を探しても見つかるはずはあるまい」

「そんなことはわからねぇ。ひょっとして、家来になっているかもしれねぇだろう」

弥市が、中間《ちゅうげん》のことではないか、といった。

「なるほど、その手はあるだろうが、いじめを妹に助けてもらっていたような男が、乱暴者が多い中間になっているとは考えにくい」

「確かに」

弥市も、千太郎の言葉に同調した。

「大人になったら、わからねぇ。強くても、悪い奴になっているということもあるからなぁ」

兄の猪太郎に限ってそれはない、とさやかは、笑う。信じていたいのは、無理もない、という目つきをする弥市だったが、

「あまり期待はしねぇことだな」

弥市は、甘くはない。

ふたりのやり取りを聞いていた千太郎は、まぁまぁ、と間に入りながら、

「それより、早く家を見つけたほうがよいのではないか」

「確かにそっちが先だ」

と、弥市は目の前の自身番に入っていった。

すぐ出てくると、さやかの顔を見るも、なんとなく沈んだ顔つきをしている。その表情に気がついたさやかは、不安な目つきで弥市に訊いた。

「なにかあったのかい」

「まぁ、ちょっと問題が起きているらしい」

「猪太郎兄さんに？」

「そういうことだ」

「どんな問題です？」

「……それは、ちょっと待て」

今度は顔を千太郎に向けた。その目が少しやばいことになっている、と告げている。

千太郎は、目の玉だけを動かした。

ここから離れたところで聞こう、というのだ。

その合図に気がついた弥市は、路地に向かった。さやかもそちらに向かおうとすると、

「さやかさんはここで」

と千太郎が手で制した。一瞬、不服そうに千太郎を睨んだが、さやかは足を止めて、

「内緒の話とはおだやかではねぇなぁ」

それには答えずに、千太郎は、笑みを見せてその場を離れた。

残されたさやかだが、千太郎の笑顔には、逆らえねぇ、と呟いている。

「旦那……ちと面倒なことになりそうです」

並んだ千太郎に、弥市がいった。

「猪太郎がどうかしたのか」

「どうにも……」

自身番で町役《ちょうやく》に訊いたところ、猪太郎という男は、隣町の陣助《じんすけ》長屋に住んでいたが、女絡みでもめ事を起こしているというのだった。といっても、町役も隣町のことなので、はっきりは知らないらしい。

「さやかさんに訊かれたら困ると思ってね、すぐ出てきてしまいましたから」

「それは確かに問題だな」

「へぇ」

ふたりは、同じように眉をひそめた。

どうしましょう、という弥市に、千太郎は、本当のことはいわぬほうがいい、と弥市にいってから、

「しょうがないから、猪太郎はどんなもめ事に巻き込まれたのか調べるか」

「へぇ、それがいいとは思いますが」

「どうした」

「さやかさんには、どう伝えましょう」

まかせておけ、と千太郎は、さやかが待っているところまで、戻っていった。

さやかはすぐそばにある木戸で売っているおもちゃを見ていた。なかでも、ひときわ大きな独楽に興味を持っているようだ。

木戸番は、亀治《かめじ》といって、木戸の番太郎を十五年以上務めている男だった。顔が大きくて、頭にはごま塩がふいている。

「お嬢さん、独楽が好きなのかい」

亀治の問いに、さやかはうれしそうな顔をする。

「うん、いつもじいちゃんが作ってくれていたから」

うんうん、と亀治は頷きながら、

「じゃぁ、一個、そこのお侍さまに買ってもらったらいい」

見た目とは異なり、商売上手だ。

さやかは、千太郎を窺うように見た。

「わかった、わかった」

笑いながら、千太郎は懐から紙入れを取り出し、独楽を買って、さやかに渡すと、うれしそうに、回してみる。

赤と黒に塗られた独楽がくるくると回り始めると、さやかは、手を叩いて喜んだ。

そっと弥市が千太郎の後ろに寄ってきて、

「こんな子どもに、猪太郎の話はなかなかできません」

と囁いた。

ふむ、と頷いた千太郎だったが、

「といって隠しておくわけにもいくまい」

と応じて、さやかを木戸番の店から外に呼び出した。

さやかは、手で独楽を玩《もてあそ》びながら、ついてくる。

小間物を売る露店が出ていて、その前にしゃがんでいる男の背中が目に入った。

「あ、あいつだ!」

さやかがいきなり、男の背中に向けて走りだした。

男は、後ろから迫ってくる危険にはまったく気がついていなかった。そのために、
突然、背中を蹴飛ばされ、

「いってぇ!」

その場に転がった。

背中や腰を押さえながら、男はこちらを向くと、

「なんだ、てめぇは!」

叫んだ拍子に、肩に力が入った。

「あぁ……てめぇたちは、先日の」

さやかは、知らん顔ですでに男から離れている。そばに寄っていったのは、千太郎だった。

四

「なんだ、留助さんか」

「……くっそ。あんたが俺の背中を蹴飛ばしたんかい」

「まさか、そんな真似をする男に見えるかな？」

問われて、留助も千太郎がそんなことをするとは思えなかったらしい。ちょいと首を曲げて、

「じゃ、誰だ」

周囲を見回していくうちに、目がさやかを捉えた。

「あのアマか！　ちっきしょー」

背中から腰を痛めのか、ゆっくりと立ち上ると、

「やい！　てめぇ！　なんの恨みがあって、こんなことをした！」

さやかに向けて叫んだ。当のさやかは、ずっと独楽を手にしたままだ。

千太郎は、それより留さんはどうしてこんなところにいるのだ、と問う。

「どうしてといわれても、俺の塒はすぐそこだ」

「なんだって？」

さやかは、その言葉を聞きつけ、留助のそばに寄ってきて、

「兄さんはどこに行った！」

留助の襟を摑んで揺すりだした。

「ちょっと待てやい。兄さんとは誰のことだ。それに、どうして俺がてめぇの兄貴を知ってるんだ」

「いま、近所に住んでいるといったじゃねぇか！」

「け、だからどこの誰だってんだ。名前を知らなきゃ答えられねぇだろう。このアマめ、おお苦しかった」

留助は、首をくるくる回しながら、さやかを睨みつけるが、当人は知らん顔をしたままである。

「おい、お前、仕事はなんだ。こんなところをうろうろしているようでは、ろくな働

きじゃねぇな」

今度は弥市が留助の首根っこをひっつかんだ。痛がっているが、気にも留めない。

「いててて、だからいってるだろう。俺の塒は近所だって」

「本当か」

「嘘なんかいわねぇ」

「案内してもらおうかい」

「……いまは、家移りしたから違うんだ」

「嘘だったんだな」

「いや、だから……」

「じゃ、ここでなにをしていた」

留助は、舌打ちをしながら、

「女だ。逃げた女を探していたんだ」

顔をしかめながら、答えた。

「だから、格好悪くて嘘をついたんだ。これでいいかい」

そばに千太郎が寄っていき、弥市の肩を叩いた。ようやく、弥市は首から手を放した。

「留助はあぁいっているから、まぁ、放っておこう」

「いいんですかい？」

千太郎は、少しだけ思案しているふうだったが、

「まぁ、よい」

不安そうな顔をしている留助に、千太郎は目を向けた。

「いい女だったんだな」

「なにぃ？」

「探している女だ。いい女だったのであろう」

「……当たり前だ」

「水茶屋の女か、それとも、どこかのお店《たな》の娘か、大工の娘か」

「ち……いろいろいいやがって。そんなことはどうでもいいじゃねぇかい」

「では、昨夜、両国橋のそばにいたのはなぜだ。あんな刻限にいるのは、盗人か夜逃げをする者と決まっておる」

「……だから、逃げた女を探しているんでさぁ」

「ほう。あんな刻限に人捜しとは、珍しい」

千太郎は、不思議そうに問う。留助は、とうとう横を向いて、これ以上は答える気

がない、という顔をする。

　そんな留助を千太郎は、じっと見つめていたが、

「まぁ、いいだろう」

　さやかに声をかけて、猪太郎についてだが、といいかけると、留助が、なんだって、と大声を上げた。

「いま、猪太郎といったのかい」

　弥市が、その声にすぐ反応した。

「てめぇ、猪太郎を知ってるのかい」

　と、留助はなぜか、いや……別に、などと、言葉をもぐもぐさせる。弥市は、容赦ない。

「また、首根っこを捻られたいか」

　襟を摑んで、ぐいと締め上げた。留助の顔が苦しさに赤くなる。

「ちょ、ちょっと待ってくれ」

「じゃ、白状しろい」

　弥市の言葉に留助は、わかった、わかった、と顔を赤くしながら、

「このままじゃ話すことはできねぇ」

と訴える。弥市が力を抜くと留助は、じっとさやかを見ていたが、もう一度ため息をつく。

「俺と、猪太郎って野郎は、同じ大工の頭領のもとで仕事していたんだ。だから知ってるってわけよ」

「本当かい」

「嘘をつく理由ねぇだろう。甲州の山から下りてきた、っていったからな。山っていわれても俺は、どこだか知らねぇ、と訊いたら、どうせ教えたところで、わからねぇだろう、といってた」

さやかは、じっと留助の言葉に耳を傾けている。

弥市が、十手を取り出してわざとそれを留助に見せながら、

「で、その猪太郎はいまどこにいるんだい」

「奴は、しくじったのだ。頭領の娘に惚れてしまった」

「それのどこが悪いっていうんだ」

弥市は、留助を追及する。

「娘さんの名前は、お峰《みね》さんっていうんだが、その人には、政六《せいろく》という許嫁がいたんだ。もっとも親が無理矢理おしつけた、という噂もあったから、お峰さんが望んでい

たかどうかは、知らねぇ」

「惚れ合ったのがばれてしまったというのか」

「頭領は怒って、猪太郎を追い出したんだ。追いかけて、お峰さんの姿も消えてしまった」

話を聞いていた弥市は、不思議そうに留助を見た。

「そのお峰って女をおめぇは探していたんじゃねぇのかい」

少しの間があってから、留助はそんなことはねぇよ、と沈んだ声で答えた。

「俺が探しているのは、以前、俺の女だった人だ」

「ほう……」

弥市は、留助の顔のそばまで近づいた。

「本当だろうな」

うんうん、と留助は頷き続けている。

それまで口を挟まずにいた千太郎が、訊いた。

「その頭領の名は？　どこに住んでいるのだ」

伝次郎《でんじろう》といって以前は須田町に住んでいたが、一年前から佐久間町《さくまちょう》だ、と留助は面倒くさそうに答える。

「ということは、猪太郎は住み込みだったんだな？」

「あぁ、最初はな。だけど、二ヶ月くらいで自分の塒を持ちそこから通っていた。それが陣助長屋だ」

「猪太郎もお峰さんも、ふたりとも姿が見えなくなったのか」

「駆け落ちでもしたんだろう」

「ふたりの姿が消えてから、どれくらい経つ？」

「せいぜい、三日だろう」

千太郎は、三日か……と呟いた。弥市はその顔を見て、不審そうにする。

「なにかありますんで？」

「いや、別にない。親分、その頭領のところに行ってみよう」

「はぁ、まぁあっしはいいですが」

さやかを窺うと、すでに歩きだしている。弥市は苦笑いしながら、留助に、そこまで連れて行けと背中を押した。

なかなか動こうとしなかった留助だが、やがて諦めたのか、足を神田川のほうへと向けた。

和泉橋《いずみばし》を渡ると、そこは佐久間町。材木屋の佐久間某がいたので、佐久間町という名が付いたらしい、と弥市の蘊蓄《うんちく》を聞きながら、一行は佐久間二丁目に入った。

表店《おもてだな》はびっしりと立て込んでいるわけではない。店と店の間には余裕があった。

その一角の木戸に留助は向かい、ここだ、と足を止めた。

木戸の扉はぶらぶらと風に揺れている。それでも、溝板はしっかりしている。

また、頭領が住むだけあって、二階屋のある棟割りが並んでいた。

木戸から入って、右の三軒目の障子戸の前で、留助は止まった。

まだ、仕事からもどっちゃいねぇかもしれねぇ、と弥市の顔を見た。

「まぁ、いいから呼び出してみろ」

留助は、拳でどんどんと数回、戸を叩いたが、返事はない。今度はさやかが戸口に立って、

「伝次郎さん、いますか〜」

といいままでには見られないような、色っぽい声をかけた。それでも、なかからは物音ひとつ聞こえてこない。

「これは、いませんぜ」

無駄だ、という顔をする留助に、弥市は、現場はどこだ、と訊いた。

「さぁ……三日くらい前までは、柳橋の近くだったと思いますけどねぇ、いまはどう

だか」

柳橋なら、ここ佐久間町からは目と鼻の先だ。弥市は、その現場に連れて行け、と留助を促す。

だが、千太郎はなかなかその場から動こうとしない。戸口にしゃがんで、なにかを拾った。

「これはなんだ?」

手をかざすと、なにか赤い布切れのようなものだった。

弥市は、それを受け取りしげしげと見ていった。

「これは、女物の小袖の一部じゃありませんかねぇ」

薄茶に黄色の小紋が散らばっている。

やはりそうか、と千太郎が答える。

「どうして、布の切れ端がこんなところにあるのだ」

難しそうな顔をする千太郎に、弥市はどうしてですかねぇ、と応じながら、

「この色や柄に見覚えはねぇか」

留助に訊いた。

「さぁ、これはおそらく萩の小紋だと思うが……もしそうだとしたら、お峰さんが似

たような小袖を着ていたかもしれねぇ」

「お峰さんの小袖なら、ここにあっても不思議はねぇな」

期待外れだ、という顔で弥市が答えた。

「待て待て、親分。そう安心してもいられねぇぞ」

千太郎が、もう一度布きれを手にして、

「この切れ端を見てなにか感じぬか」

弥市は、じっと見ていて、あっという顔をした。

「これは、引き千切ったり、なにかに挟まれて千切れたものじゃありませんぜ。刃物で切られている」

「どうして、こんなものがここに落ちているのだ？　なにか事件が起きたと考えるほうがすっきりするのではないか？」

千太郎の言葉に、弥市は頷いた。

「確かに、これは不思議な切れ端です」

留助が、その場から離れようとすると、さやかに腕を摑まれ、痛そうに抗《あらが》っている。

「いてて、放しやがれ、このアマめ！」

「逃げようとするからだ」

さやかは力の加減をしない。握られた留助の二の腕が青く変色する。

「さやかさん、放してやりなさい」

千太郎の声でようやく、さやかは留助を放した。弥市は、留助の前に行くと、知ってることを全部いえ、と締め上げる。

留助は、逃げようと抵抗するが、十手で肩を叩かれて、その場に蹲《うずくま》った。弥市は、襟を摑んで首を絞める。

「やい、てめぇ、なにか知ってやがるな」

知らねぇ、と首を振るが弥市は容赦しない。ぎりぎりと絞め続けていると、目が答えるから放してくれ、と訴えた。

「よし、本当のことをいうんだ」

弥市の言葉に、留助は首を撫でながら、

「聞いた話でしかねぇから、どこまで真《まこと》のことかわからねぇが」

留助は、消えたお峰が一度、帰ってきたらしいと答えた。そのときに、なにかあったのではないか、というのだ。

「その話は誰から聞いたんだ」

弥市が問う。

「親父さんからだ。だから、俺はあちこちお峰さんを探していたんだ」

「ということは自分の女を探していた、というのは、嘘だったんだな」

「お峰さんに危険が迫っていると思ったから、そういうしかなかったんだよ。勘弁してくれ……」

　また首を絞められるのではないか、と襟を押さえる。

　しかし、千太郎はにやにやしながら、

「では、留さんは、猪太郎とお峰さんの居場所を知っているな？」

「な、なんでそんなことをいうんだい」

「まだ、なにかを隠しているであろう」

　決めつけられて、留助は縮み上がる。

「そ、そんなことはねぇよ」

　わざと乱暴な言葉遣いで逃げるつもりらしい。

「そうかなぁ」

　さやかが、留助の後ろに回っている。それに気がついた留助はうんざりした顔をした。

「わかった、わかった」

投げやりな態度に変わった。

「やっと本当のことをいう気になったか」

「お峰さんと猪太郎のふたりは、柳橋の船宿に隠れているんだ」

「どうして隠していた」

「それは……」

留助は、口ごもった。逃げ出そうとでもするように、きょろきょろするが、弥市が目の前に立っているので、逃げることもできない。

「黙っていたのは、なぜだい！」

さやかが、そばに寄って首ねっこをおさえようとするのを嫌がって、わかった、わかった、といいながら、

「誰が聞いてるかわかったもんじゃねぇからだ。それに、あんたたちだって、信用できるかどうかわからねぇ」

「なんだと？」

気色《けしき》ばんで弥市が、十手を振りかざす。

留助は、やめてくれ、といいながら、手で十手を払うが、うまくはいかない。

千太郎は、そんな留助をじっと見ていたが、とにかく、その柳橋の船宿まで案内を

しろ、と命じた。

五

船宿は、神田川と大川がぶつかるすぐ手前に建っていた。

先日、千太郎が誰ぞと会っていた料亭と目と鼻の先である。これなら、歩いているところをお互い出くわしても、不思議はない。

留助が先に店に入って、弥市、さやか、そして千太郎が最後に入った。

おかみが出てきて、留助と目でなにか会話を交わす。

「じゃまするぜ」

留助が訊くと、おかみは、小さく頷き、

「はいはい、どうぞ」

と応じた。四十絡みと見えるおかみは、少し太った体を揺らしながら、

「こちらです」

千太郎たちを誘導する。

ずんずんと進んでいくと、川の音が大きくなった。船着き場が目の前にあるらしい。

その前の廊下を歩いていると、

「あっ！」

がたんと音がして、廊下の底が抜けた。三人は奈落《ならく》へと落ちてしまったのである。

上から、留助の声が聞こえた。

「へん！　そこに当分、じっとしてろい！」

「てめぇ！　なにをやる気だ！」

弥市が上に向かって叫ぶが蓋《ふた》が閉じられ、周囲が暗くなる。明かり取りなどはないから、闇に慣れるまで少しかかった。

「旦那……そこですかい？」

弥市が、千太郎に声をかけた。

「わはっは、うまく引っかかったものだ」

「あの野郎……なにが目的でこんなことをしやがった」

顔がはっきり見えるわけではないが、弥市の顔が怒りで歪んでいるのは想像にかたくない。

「ようするに、あの留助というのは敵側だったということだな」

「敵とは？」

少し離れたところから、さやかの声が聞えた。

「さやかさんの兄さんから見て、敵ということだよ。おそらく、裏で動いているのは、お峰さんの許嫁だろう」

「どうしてです？」

「なに、少し考えたら簡単なこと。猪太郎は、頭領の娘を横取りした。娘には男がいた」

「許嫁ですね」

「猪太郎はお峰さんを連れて逃げてしまった。それを許嫁の政六が黙っているわけはあるまい」

「なるほど、それで見つけてこの船宿のどこかに押し込んだというわけですね」

「さて、本当にこの船宿に猪太郎たちがいるかどうか」

さやかは、じっと話を聞いていたが、途中から、泣きだしてしまった。弥市は、驚いて、居場所を探す。

ちょっと横に、さやかは座っていた。

「どうしたんだい」

「兄さんはどこにいるんです！」

「泣くことはねぇ。なんとかここから逃げ出して、助けてやるから心配はいらねぇ」

「こんなところから、どうやって逃げるんだい」

千太郎が独楽はまだ持っているか、と訊くと、さやかは、懐から取り出した。

壁を見ると、地下牢というほど頑丈に作られているわけではなさそうだった。おそらく、地下室なのだろう。船に乗るときに、客たちが待っているような場所にも見えた。

「あの廊下を落とされたときには、泡を食いましたぜ」

弥市は、肝をつぶした、と呟く。

「あれは、おそらくなにかのときのために作ってあったのだろう。そこに、はまってしまったということだ」

「で……独楽をどうするんです？」

千太郎は、独楽を手にしたまま、さやかに、大騒ぎをしろ、と伝え、次に弥市に、捕り縄をすぐ投げられるように、出しておけと告げた。

弥市は、へぇと返事をすると腰から捕り縄を外《はず》した。

それを千太郎が受け取る。

「よし、さやかさん、泣いてくれ」

さやかは、しずかに頷いたと思ったら、いきなり、大きな声で泣きだした。それは、まさに、そのあたりに轟き渡り地響きでも起こしそうな鳴き声だった。

上から、誰かがのぞく音が聞こえた。

「だまれ！　客が驚くじゃねぇか！」

留助の声だった。顔が覗いたその瞬間だった。

「や！」

千太郎が独楽を投げた。

「わ！」

留助の顔に独楽が当たったらしい。すぐ落ちてきた独楽を受け止めると、

「や！」

今度は、弥市からもらっていた捕り縄が蛇のごとく、上へと延びていき、留助の手にまとわりついた。

「えい！」

千太郎が縄を下に思いっきり引っ張ると、

「わぁ！」

どんという音がして、留助が上から落ちてきた。すかさず、弥市が腕を逆に取って

締め上げた。

顔をしかめて、痛そうにする留助に、今度はさやかが体を寄せて、ほっぺたを思いっきりぶっ叩いた。

留助の顔が歪んだ。

「くっそぉ」

「ほらみろ、悪事を働いてもろくなことにならんのだぞ」

千太郎が、笑っている。

「やかましいわい！」

弥市に逆手を取られて、痛がっている留助の顔の前で、千太郎が囁いた。

「さぁ、ここから出してもらおうか。それから、本当に猪太郎たちがいる場所に案内してもらうぞ」

地下室は、横の羽目板が開くようになっていた。そこから、びっくりしたようなおかみが顔を覗かせると、留助が腕を取られている姿を見て、

「あんた、どうしたんだい」

「ははぁ……おめぇと、ここのおかみはいい仲なんだな」

弥市が、腕をさらにひねり上げて、

「さぁ、どういうわけか、教えてもらうぞ。その前に、ここから出すんだな」

開いた羽目板から外に出ると、そこはすぐ船着き場だった。猪牙舟《ちょきぶね》がもやっている。

「猪太郎とお峰さんがいるところに行くまで、いい話が聞けそうだ」

と、千太郎は笑っている。

猪牙舟に乗り込んだ千太郎以下、弥市、さやかが、船頭役の留助の話を聞くことになった。

話はそれほど複雑ではなかった。

頭領のところで働きだした猪太郎は、腕がいいというよりは、まじめな働きかたで、認められていた。

頭領の娘、お峰もそんな猪太郎の働きぶりが気に入っていた。

しかし、お峰には半年前に見初《みそ》められた、政六という男がしつように言い寄り、最後は、祝言をしてくれたら、もっと大きな仕事もできるようにしてやる、という条件を持ち出した。

なにしろ、政六の家は両替商から、金貸しなど手広く商売をやって、近所でも評判の店だ。

そんなところの若旦那に好かれたのだから、お峰さんは玉の輿《こし》だと、周りからはうらやましがられていたほどである。

だが、政六の評判はあまりよくなかった。女にだらしなく、いまでもふたり以上の女がいるのではないか、という噂まで立てられているような輩《やから》だ。

お峰は、いくら金持ちでもそんな男と一緒に暮らしたくはない、と駆け落ちを猪太郎に持ちかけたらしい、というのであった。

逃げたのは、つい三日前のこと。

だけど、政六はすぐ人を雇って、猪太郎とお峰の居場所を突き止めたというのである。

留助は猪太郎たちを探す者がいたら、居場所をはぐらかすのが役目だった。

政六と留助は、賭場で出会った仲ということだった。

「ところが、俺たちと会って目算《もくさん》が狂ったということか。おめぇも、そんなくだらねぇことに手を出したからいけねぇなぁ」

弥市が、薄笑いをする。

さやかは、じっとしている。いつもの威勢のよさは消えている。どうやら、舟が苦手らしい。

さやかは、ちらりと目を千太郎に向けたままで、川の流れをじっと見つめているだけだった。

　千太郎が、笑った。

「さやかさんは山育ちだからなぁ」

なにを考えているのか、と弥市が問うと、
「兄さんは、江戸に出てきて、ひと旗あげるんだ、と楽しみにしていたのに。こんな
ことになるなら、だまって家にいたほうがよかった」
「まぁ、江戸ではいろんなことが起きる。でも、俺たちに助けられるんだから、運が
良かったということだろうよ」
　慰めるように、弥市がいった。
　舟は柳橋から大川を下り、新大橋《しんおおはし》の近くで止まった。
　そのあたりは、すぐそばに二丁町があり、芝居小屋が集まっている場所だ。芳町《よしちょう》
には陰間《かげま》専門の店などもあり、女の格好をしながら歩く男が小間物屋を覗いていたり、
不思議な光景も見える。
　舟からあがると、すぐ大きな白い壁が目に入った。どこぞ大店の土蔵だろう。
　その前を、芝居がはねたのか、それともこれから遊びに行くのか、大勢の人が歩い

ている。

弥市は、留助が逃げないように、見張りながら舟を一番先に下りた。

次に、さやかが下りて、留助と千太郎が一緒に続いた。

留助は、観念したのか逃げようとする気配はない。もともと、政六から頼まれただけで、自分は、関係ないのだといいたいらしい。

「どっちに行くんだ」

弥市の問いに、留助はあっちです、と新大橋の袂のほうを指さした。すぐ先は海に出るあたりのようだった。

波が高くなっているのは、海が近いからだろう。

「これから行くところに、兄さんがいるんだな」

舟から下りたら、さやかは元気になった。

「どこかに移動していなければな」

そういいながら、少し不安そうな目で千太郎を見る。

「よそに連れて行かれたというのか」

訊いたのは、弥市。

「いや、それはわからねぇ」

「どんなところに、監禁されているんだい」

　弥市が続けて訊いた。

「ここからちょっと行ったところにある、小さな土蔵の中だ」

「そこにふたりいるんだな」

「男のほうは小さな部屋で、女は大きな部屋にいるようだったが、いまはどうかわからねぇ」

「同じ場所にいるならそれでいいさ」

　弥市は、十手を摑んでぐいとしごいた。

「おめぇも、この件に加担したなら、そのままじゃおけねぇぞ」

　番屋に連れて行く、という謎掛けだ。

「ちょ、ちょっと待ってくれ」

「どうしたい」

「俺は、頼まれてふたりの監禁場所がわからねぇようにしていただけだ。かどわかしには、加担していねぇよ」

「おう、そうかい、じゃぁな……」

　弥市が、意味深な目つきで留助を見る。

「その土蔵に入れるように手引きしてくれたら、大目に見てやることにしよう」

「ち……最初から、そのつもりだったんだろう」

「そんなところだ」

千太郎は、弥市と留助の会話を聞きながら、にやにや笑っている。

「親分もそうとうなタマだなぁ」

「まぁ、捕物は駆け引きでもありますからね」

「覚えておこう」

千太郎の返事に、弥市はにんまりとする。

六

「ところで、ひとつだけ問題があるぜ」

留助が心配顔でいった。

「なんだい。おめぇが先に、奴らに連絡でもしてあるのかい」

弥市は、十手を手ぬぐいで拭きながら、訊いた。歩きながらだから、通行人のなかには、いやそうな目で弥市を避けていく者もいる。だが、そんな連中の目は、気にも留めない。

「違いまさぁ。政六は用心棒を雇っているんでさぁ」

「ほう、そうかい」

別に気にしねぇよといいたげに、弥市は千太郎を見る。

「それは楽しみであるな。強そうかな」

千太郎は楽しそうだ。

「わからねぇよ、そんなことは。剣術なんざ興味もねぇ」

吐き捨てるように、留助がいった。

それはそうだろう、と弥市は答えながらも、

「さやかさん。心配はいらねぇ。こちらの旦那は、ちょっと見はのんびりしてるように見えるけどな。けっこういい腕を持っているんだ。いままでも、戦って負けたのを見たことがねぇ」

「でも、熊に勝てるかねぇ」

さやかが、にやりとする。

「はてなぁ。まだ、熊と戦ったことはないでな」

千太郎が苦笑しながら答えると、同時に留助の足が止まった。

「ここを入った右の三軒目にしもた屋があるから、そこの土蔵にふたりはいるよ」

「お前も一緒に行くんだ」

「それは勘弁してくれ、ここまで連れてきたことがばれたら、大変だ」

弥市は、十手を突きつけて、

「心配はねぇよ。だがな、いうことをきかねぇとこれがものをいうぜ」

「わかった、わかった」

ぶつぶつ不服をいいながら、留助は角を曲がった。

三軒目に、確かにしもた屋ふうの家があった。となりに白壁の土蔵が建っていて、板塀で囲まれている。忍び返しまではなさそうだが、簡単になかに潜り込むことはできそうにない。

弥市は、留助を促して、家の戸口まで行かせた。

やれ、と顔を動かして指示をする。

いやいや留助は開き戸に手をかけた。ぐいと横に引っ張ったが、心張り棒でもかけられているのか、動かない。

次に、どんどんと戸を叩いた。

なかから音がした。戸口に誰かが立っている気配がする。

「誰だ」

警戒の声だった。

「あっしです。留助です」

なんだ、という囁きが聞こえて、戸が開かれた。

その瞬間を弥市は逃さなかった。

「下がれ！」

留助を横に突き飛ばして、前に立っている男の鳩尾《みぞおち》を十手で突くと、そこにいた男は、腹を押さえて蹲った。

音を聞いたのだろう、なかからもうひとり出てきた。今度は、倒れた男よりも若そうだが、いかにも生意気な目つきをしている。鼻がやたらと大きい。

「おう、鼻たれ小僧が出てきたぞ」

千太郎が、あざ笑う。

「なにぃ……てめぇ誰だ！　あ、留！　てめぇ、裏切ったな！」

後ろで、さやかに押さえつけられている留助を見て、叫んだ。

「勘《かん》の字、違うんだ、これには訳が」

言い訳をしようとする留助だが、さやかが口を塞いでしまった。

勘の字と呼ばれた若い男は、奥に知らせに行こうと後ろを向いた瞬間に、弥市が十手を肩に叩きつけた。

呻きながら、男は倒れた。

その上を千太郎は、跨いでなかに飛び込んだ。

弥市は踏みつけながら入っていく。

さやかは、留助を摑んだまま動かない。なんとか逃げようとあがく留助だが、さやかの力で、そよとも動かない。やがて疲れたのか、手が痛くなったのか、諦めてしまった。

家のなかに飛び込んだ千太郎は、六畳程度の部屋の隅で震えている男を目に留めた。

「お前が、政六か」

へなへなとした男で、月代《さかやき》も青々と、普段ならさぞかし女たちから振り返られるのだろう。だが、いまは、千太郎の追及に声も出ないらしい。

「猪太郎とお峰さんはどこだ」

そのとき、奥の部屋から浪人がのそりと出てきた。

歳の頃なら、三十くらいか。やたら頰がそげていて、病気をかかえているのではないか、と思えるような男だった。

いかにも、貧乏浪人風情《ふぜい》で、単衣の袖や裾はぼろぼろだ。

さらに、腰の一本差しも鞘《さや》がはげちょろである。

顔の凄惨さが、貧乏ぶりに拍車をかけているようだった。

「おぬし、何者だ」

顔に似合わぬ、甲高い声だった。

「おぬしこそ、何者」

「……いやな奴だな。おぬしは」

「そうかなぁ。あまりそのようにいわれたことはないがなぁ」

のんびり、屈託のなさそうな返答に、浪人は鼻白《はなじろ》む。

「まぁ、よいわ。抜け」

いきなり、浪人は鯉口《こいぐち》を切って、刀を抜くと青眼《せいがん》に構えた。

「ほう……そんな格好の割には、なかなかいい構えをしておるなぁ」

「やかましい。おぬしに褒められたところで、うれしくもない」

「それは、残念」

にやにやしながら、まるで緊張感のない対応に、浪人は焦《じ》れ始めた。

「上州浪人、宮田世五郎《みやたよごろう》。いざ、勝負せよ」

「野辺のかかし侍、千の太郎。山下で書画骨董のたぐいの目利きをしておる」

なんだと？　という目つきで宮田は一歩足を引いた。

「かかし侍とはなんだ」

「己のことをよくわからぬでなぁ」

「どういうことだ、それは」

「なに、自分の過去がまったくわからぬのだよ。だから、己はただ世のなかに突っ立っているだけのかかしとかかわりがないという意味だ」

「よくわからぬ」

「私もよくわからぬから、それでお相子《あいこ》だな」

「そんなお相子があるか」

言葉が終わったとき、宮田は、じりっと前に進みそのまま突きを入れてきた。

「おっと、っと。なにをするいきなり。危ないではないか」

「とぼけるな」

今度は上段に構え直して、千太郎めがけて飛び込んだ。

部屋の隅にいた政六は、弥市が睨んでいるので、動けずにいる。

「ちょっと待て、待て……」

千太郎が、手を前に出して宮田の動きを制した。

なんだ、という目をしている宮田に向けて、千太郎は言葉を続ける。

「こんな狭いところでは、存分に戦えぬ。どうだ、そのあたりの広場にでも行かぬか」

「……よし」

宮田は、自分から部屋を出た。


原っぱというより、河原という風情《ふぜい》の場所で、千太郎と宮田世五郎は対峙《たいじ》する。

頃合いは、夕刻――。

折しも、夕焼けがふたりを包み始めていた。

弥市は、その間に政六を引き立てて、土蔵に行った。さやかも追いかけて行ったから、いま頃は、兄妹の出会いの場が演じられていることだろう。

だが、こちらは、なかなか進展はなかった。ふたりとも、じっと立ったまま動こうとしないのだ。

四半刻は過ぎただろう。

ふたりの対決を見ようと、弥市が全員を連れてきた。

千太郎の目がそちらに向いた。

「それだ！」

宮田の声が河原に響いた。青眼から八双に構え直して、すすすっと千太郎の前に、進み出たのだ。

それでも千太郎は微動だにせずに、その場に立ったままだった。

動かぬ千太郎に驚き、宮田の顔に焦りが見えた。

千太郎も同じように、前進した。

ふたりが衝突する寸前、

「見切ったぞ」

千太郎が囁くと同時に、宮田の切っ先をかいくぐり、体をかすかにのけぞらし、横に傾けてそのまま、突きを繰り出した。

「うぐ……」

千太郎の突きは、宮田の二の腕をわずか一寸だけ突き刺して、止まっていたのである。その手練に、宮田は驚愕している。

いきなり、地べたにはいつくばると、

「まいった……」

凄惨な顔がさらに頬がそげたように見えた。

七

宮田世五郎は、蹲ったまま千太郎を上目で見ている。

「おぬし……何者」

「だから、ただのかかし侍だというておる。そんなことは気にするな。その程度の傷では死ぬこともない」

「寸の間で、急所をはずされた……並の腕ではない」

「褒めてもらったとしておくから、もうやめろ」

いつまでも千太郎の正体に執着する宮田に、千太郎は面倒くさくなったのか、手を振って、やめろやめろといいながら、弥市たちがいる場所に向かった。

さやかがうれしそうに、手を取っている男が猪太郎だろう。

なるほど、名とは異なりどこか線が細い。がっちりしたさやかがそばにいるから余計そう感じられる。

目をきょろきょろさせて、誰がなにをしたのか、という雰囲気で千太郎を見つめている。

弥市は、政六をこんこんと説教している。

本来なら、番屋に引っ張って行くところだろうが、男と女のことについて、堅苦しく詮議をする気はないらしい。

今度は、きちんとみんなで話し合え、などと分別くさいことを説いていた。

意外だったのは、お峰と猪太郎はもともと恋仲でもなんでもなかった、とお峰が答えたことだった。では、どうして猪太郎に駆け落ちを持ちかけたのか。

千太郎が問うと、政六さんの気持ちを確かめたかったからだ、という。命をかけて自分を探しにきてくれるかどうか、それを確かめた、というのだ。

猪太郎は、本気で駆け落ちするつもりだったのだろう、悲しい顔でお峰から、離れようとしたとき、

「待って、猪太郎さん！」

お峰が追って猪太郎の袖を摑むと、これまた意外なことをいいだしたのである。

「猪太郎さんの気持ちを無視するようなことをして、ごめんなさい」

「いえ……」

猪太郎は、沈んだ顔のままお峰を見ようとしない。

お峰は一所懸命、謝り、最後に政六が訊いたら飛び上がるような台詞《せりふ》をいった。

「私、政六さんではなく、猪太郎さんと一緒になります」

「え？」

まさか、という目つきで猪太郎は、お峰を見た。

猪太郎だけではなく、千太郎、弥市、さやか。そして政六。

みな目が丸くなっている。

お峰は本気らしい。その証拠に猪太郎のそばに寄ると、ふたり並んだところを政六に見せて、微笑んだ。

「ね、お似合いだと思わない？」

弥市は、千太郎のとなりに来ると、

「旦那……妙なことになりましたぜ」

「わははは。ヒョウタンからコマ、というところだな。さやかさんの独楽が効いたかな？　もっとも、コマ違いだが」

わっははは、と千太郎の大きな笑い声が、暮れ六つを過ぎた新大橋の河原から流れ続けていた。

第二話　十軒店《じゅっけんだな》の親娘《おやこ》

一

「なんと……」

佐原源兵衛は、目を丸くするしかなかった。

「いつ決めたのだ」

話しているのは、倅の市之丞である。

なんとも頼りにならぬ男だと思っていたのに、いま、市之丞は、源兵衛が思ってもいなかった話をしていたのである。

ここは、稲月家、下屋敷。源兵衛の部屋である。

贅《ぜい》を凝らしているわけではないが、欄間などは、鶴や亀などの透かし彫りがちょっとした、威厳を見せている。

脇息《きょうそく》に手を突きながら、源兵衛は、

「じつは、話があります」

と堅苦しく前に座った市之丞に、

「珍しく、そのような真面目な顔をしてどうした」

と、問うと、さらにかしこまって、

「はい」

と市之丞は答えたから、

「また、若殿がなにかしでかしたのか」

と気になってしまった。

「しでかしてはいません」

「ではようやく屋敷に戻って、祝言を挙げる気になったか」

「その気にもなっていません。千太郎君の話ではありません」

ではなんだ、と源兵衛は息子の顔を見つめる。

かしこまってはいるが、その頬がほんのりと、朱が差したようになっている。

これは、なにか照れている印に違いない。

「これ……。なにをそう顔を赤くしておるのだ」

「はい」

「はいではわからぬ」

どうやら、千太郎君ではなく、自分のことについての相談だ、と源兵衛は気がつき、照れなければ話ができぬ内容とはなにか、と思案する。

「さっぱりわからぬぞ」

と、首を振るだけだった。

市之丞は、そんな父親の態度を見ながら、もじもじしている。

「早く申せ」

「はい」

「さきほどから、はい、ばかりではないか」

「はい」

「話がなければ、寝るぞ」

「まだ、宵の口です」

「そんなことはどうでもよい。なにがあったのだ。よきことか、悪しきことか」

「どちらだと思いますか」

源兵衛は、あきれ果てて、もうよい、といいだした。

「父上、これからが大事なのですから」

「ならば、さっさとしろ」

脇息を叩きながら、源兵衛はいらいらを表すと、市之丞は、はい、とまた照れた顔になって、

「じつは……」

「………」

「祝言をいたしたく」

「なにぃ?」

源兵衛の顔が、真っ赤になった。別に怒っているわけではなく、心底驚いたらしい。

「祝言を挙げるとは、どういうことだ」

「そのまま、言葉どおりのことでございます」

「誰ぞ、そのようなあやしきおなごがおるというのか」

「あやしくはありません」

「言葉の綾《あや》じゃ」

源兵衛は、とうとう脇息を抱え込んでしまった。

「なにをいいだすかと思えば、そのような埒《らち》もなきことを」

「埒もなきこととは、どういうわけです」

源兵衛は、じろりと市之丞を睨んだ。

「馬鹿者。千太郎君はまだ祝言を挙げておらぬのだぞ。それを先にすますとはなにごと。順番が間違っておる」

「しかし、それは本人たちがそうしているのですから、仕方のないことでありませんか」

「やかましい。とにかくそのような埒もなき話は聞く耳持たぬ。許さぬからそのつもりでおれ」

脇息を抱えたまま、手で市之丞を追い払う仕草を取った。

市之丞はなかなかその場から動かない。

「いやです」

「だめだ、だめだ。いかぬといったらいかぬ」

「なにゆえです」

「そのおなごに騙《だま》されておるのではないのか？」

「これはしたり。志津さんは人を騙すような人ではありません」

「ほう。志津というのか、そのおなごは」

「はい、それはもう、可愛い娘でありまして……」

あきれ果てた顔をする源兵衛に、市之丞は、志津のよきところがこれだけあります、と語り始めた。

「まずは、気立てがよくて、控えめで。それでいて、いざというときにはどんな危険にも飛び込む気持ちがあり、それはそれは……」

「なにをいうておるか」

「ですから、よい娘であると」

市之丞は、顔を赤く染めながらも、のろけている。

「もうよい、その話はまた後日にしろ……」

「ですが、千太郎君にはすでに伝えました」

「なにぃ？」

源兵衛の真っ赤な顔がさらに赤くなったように見えた。

「どういうことだ、それは」

「よきことかな、と喜んでいただきました」

「まさか」

「本当でございます。じつは、先日、柳橋の黒田家《くろだや》という料亭でご相談に及んだのでございますが、もろ手を挙げて賛同していただきました」

「なんたることか」

源兵衛は、顔をしかめ続けている。

「いくら、ご本人がそのようなことをいったとしても、儂が許さぬ。じつに嘆かわしいことじゃ」

「息子の祝言を嘆かわしいとは」

「もうよい、下がれ」

とうとう源兵衛は、脇息を後ろに回して、背中を見せてしまった。

それからは、市之丞がなにを話しかけても、まったく返答はなく、正面を向こうともしない。

仕方なく、市之丞はその場から苦渋の表情をしながら、辞したのである。

「これは、なんとか千太郎君に強く加勢をしてもらわねば……」

ひとりごちる市之丞であった。

二

佐原親子が、そのような会話を交わした翌日。

千太郎は下谷広小路から不忍池《しのばずのいけ》方面に向かって歩いていた。暇なのか、筵《むしろ》を敷いただけの、店ともいえぬ売り物を広げている露店を冷やかしながらだった。

と、体の大きな男が走ってくる。

そのままでは、衝突しそうだったが、千太郎は避けようとせずに、まっすぐ歩いていく。

「どけ、どけ、どけぇ！」

大きな男は、遮《さえぎ》るものを蹴散らし続けた。

千太郎は顔をほころばせながら、逃げる気配はない。

「この馬鹿野郎！」

相手が侍だと知っても、男は怯《ひる》む気配はない。

「やい、そこのさんぴん、どけ！」

それでも千太郎は、そのまま進んでいく。

「あ！」

確実に衝突すると思われ、周りにいた者たちが、一斉に驚きの声を上げたのだが、

「なにぃ？」

大きな男は、それまで目の前のいた侍の姿が消えたように感じて足を止めた。

「いままで目の前にいたあのさんぴんは、どこに消えた？」

千太郎は、すでに先を歩いていたのである。

にやにやと笑いながら、千太郎は振り向かずに進んでいくと、後ろから叫び声が聞こえた。

「やい！　待てぇ！」

呼び止められていると気がついてはいるが、千太郎は止まろうとしない。

後ろからばたばたと追いかけてくる足音が聞こえて、前に回り込んだ。

「やい、俺をばかにしたな！」

千太郎より首ひとつは上にある顔が、睨みつけている。

「馬鹿になどはしておらぬが」

「ふざけやがって」

「私がなにかしたかな」

「さっき、なにをしたんだ」

「はて、なんのことやら」

「ぶつかりそうになったのに、気がついたら、あんたはいなかった。なにか手妻《てづま》でも使ったのかい」

「まさか。ただ、避けただけだが」

「そんなはずはねぇ。俺はぶつかっていったんだ」

「おぬしのような大きな男とぶつかっては、体が壊れてしまうでなぁ。逃げたまでなのだが、それが気に入らぬと？」

「そうだ、気に入らねぇ」

上から睨みつけているのだが、どこかとらえどころのない千太郎の雰囲気に、男は面食らっている。

「用がなければ、これで」

離れようとする千太郎の先に回り込むと、大男はいきなり、手を上げて殴りかかった。

だが、またしても、千太郎はすでに、数歩先に進んでいた。

もう一度、先回りをした男が殴りかかったのだが、同じように千太郎はなにごともなかったように、数歩先を歩いている。

二度、三度と繰り返してから、

「くそ！」

大きな声が聞こえて、

「ちょっと、待て！」

しつこく、千太郎の前に立った。

「どうした。もう殴りかかってはこぬか」

にやにやと笑っていると、なんといきなりその場に座り、手をついたではないか。

「お願いがあります！」

地べたに座って、土下座をしている。

「そんなことをされては迷惑」

千太郎は、避けて通ろうとしたが、

「お願いがあります！」

また、男は大きな声で叫んだ。

仕方なく足を止めた千太郎は、少し戻って、男の前にしゃがんだ。

「皆が見ておる。立て」

男は素直に立ち上がった。

大きな体に単衣の着流し。銀鼠《ぎんねず》が昼の光に光っているが、仕事はなにかわからない。浪人なら、腰に刀を差しているが、それもない。

職人とも見えず、かといって遊び人とも思えない。

千太郎の怪訝な表情に気がついたのか、男は、自分は元相撲取りで、いまは荷揚げなどの人足をしている、と答えた。

「なるほど、その人足さんが、私になんの頼みがあるというのだな」

「さきほどの、手妻を教えてもらいてぇんで」

「手妻ではないと申しておる」

「天狗の術でもかまいません」

「なにをばかなことを」

歩き始めた千太郎の後ろを追いかけながら、男は、手を口元に寄せて、

「旦那……ちょいとその辺でどうです？」

誘っているが、どこから見ても、それだけの金子《きんす》を持っているとは思えない。千太郎は、苦笑しつつ、

「料理代を持ってくれるのかな？」

「えっへへ。それはまぁ、出世払いということで」

「どこの誰かもわからぬのに、出世払いもなかろう」

呆れ顔をする千太郎に、

「ですから、さきほどの手妻を教えてもらえたら、出世払いができるのです」

「まだ、いうておるのか」

「手妻でなければ、天狗の術でも、なんでもいいから教えてもらいたい」

「同じことを何度もいわせるな。体は大きいのに、しつこいぞ」

「体としつこさは関係ありません」

今度は、男が苦笑する番だった。

「それより、さっきのあれはなんだ」

千太郎が、問う。

「あれ？　あぁ、走っていたことですか」

「誰彼なく吹っ飛ばしていたようであったが、なにか急ぐことでもあったのか」

「まぁ、そんなようなものですけど。それだけではありません」

「いってることが、よくわからん。ようするに、むしゃくしゃしていたということだな」

「まぁ、そのようなものです」

悪びれもせずに、男は答えた。

「はた迷惑な男だな」

「でも、目的はあったのです」

「自分のいらいらを満足させることであろう」

「違います」

そういって、男は千太郎をじっと見つめる。その瞳には、どこか尊敬の念が含まれているようでもある。

「そのようなおかしな目つきで見るでない」

それには答えず、男はまた頭を下げた。

「例の手を教えてください」

「例の手といわれても、なんのことかわからぬ」

「ですから、ぶつかろうとしたのに、それをすり抜ける術です」

「すり抜けたわけではない」

「では、どうしたのですか」

「ただ、逃げただけではないか」

そんなやり取りが何度か続いて、ふたりは、近くの料理屋に入った。

このあたりは、出会い茶屋が多いのだが、それとは違って入り口も広く、普通の料理屋である。

男は寛次郎《かんじろう》と名乗った。

料理は、寛次郎が煮しめと、銚子をくれ、と勝手に頼んだ。

しばらく会話はなく、数杯飲み干した頃、寛次郎は大きくため息をついて、

「なにか目的があったのでしょう」

と、訊いた。

「なんだって?」

千太郎は箸を止め、驚きの目を向けた。

「私とこんなところに来た目的です。私と料理を食べたくて来たとは思えませんからねぇ。なにか目的があったと思うほうがしっくりきます」

「なるほど」

にやりと千太郎が笑った。

「ただの、大男ではなさそうだ」

「少しはわかってもらえたでしょうか」

寛次郎はにやりとする。

「では、私が一緒に来た理由をいおう。あんたが、なにか捨て身になっているようだったからだ。私は困った者がいると、黙ってみておられぬ性分でな」

「へぇ、そうだったんですかい。ということは、私に悩みがあると見抜いていた、ということになります」

「あんな乱暴を働く者だ。なにかあると思うのに、不思議はない」

「なるほど」

「で、どうなのだ。悩みはなんだな？」

「それは……」

寛次郎は一度、ため息をついてから話し始めた。

それによると、寛次郎は生まれは武州。家は百姓だが、体が大きく近所の神社で開かれた相撲大会では、常に優勝をかっさらうほど強かった。その強さが、たまたま見ていた松平家の目に留まりお抱えとなった。

だが、すぐ腰を痛めてしまい、働くことができなくなり首になった。それからは、自棄《やけ》になって、まともな暮らしはしていなかったという。

その間、泥棒や人殺し以外はなんでもやった、と豪語する。

「ほう、それはそれは」

千太郎は、楽しそうに聞いている。

「でも、そんな暮らしも近頃は飽き飽きし始めたのです」

「ふむ」

「少しはまともになろうとしたのですが」

「だめだったのか」

「いや、というより周りがそのように見てくれません」

悲しそうな目で、千太郎を見た。

「わっはは。なるほどなるほど」

「そんなに笑うことですかねぇ」

「いや、人がまじめな顔をするのは、見ていて楽しい」

ちっ、と寛次郎は舌打ちをしながら、

「だからって、さっきは暴れていたわけではなくて、目的があって走り回っていたんですよ」

「その目的とは？」

「あなたさまのような人に出会うことです」

「手妻遣いかえ？」

「いやいや、まぁ、そんなようなものですが、ちと違います」

「よくわからぬな」

「ですから、あなたさまのように、強い人に会いたかった。そして、その力を教授願いたいと思っていたわけです」

「それだけの体と力があれば、もう十分ではないか」

力を完全なものにしたいのだ、と寛次郎は千太郎を見た。

「なにか理由がありそうだが」

「そうなのです」

ある女性を救いたいのだ、と告げた。

その内容は、次のようなものだった。

三

日本橋、十軒店に、鹿屋《かのや》という人形店がある。

ふた月前、用心棒に雇われたことがあった。

そこには、お佐紀《さき》というひとり娘がいて、花も恥じらう十八歳。器量もよく気立てもいいと、縁談話は引きも切らない。

本人は、祝言などまだ早いといって、なかなかその気にならないので、両親はいらいらしていたのだった。

そんなとき、ある事件が起きた。

店の金がときどき消えていることに、父親の鹿屋達次郎《たつじろう》が気がついた。

店には、番頭がひとりに手代ふたり。それに小僧がひとりいる。

帳場に座っているのは達次郎だから、その目を盗める者は、なかなかいない。まさか、娘のお佐紀が盗むわけはないので、どういうことなのか、と達次郎は面食らっていた。

出入りの鳶《とび》の頭《かしら》、八吉《やきち》に頼んで、それとなく使用人たちを探ってもらったのだが、ひとりとして怪しい感じは受けない。

町方に頼むと大げさになってしまうし、まぁ、それほどの金額ではないので、よしとしよう、ということで、一度は諦めることにした。

頭がいろいろ調べ始めて、三日ほどおかしなことは起きなかったのだが、四日目に、また金子が二両ほど消えていた。

その二両で、合計十五両になっていた。

そこで、今度は用心棒を三日ほどやったことのある寛次郎が疑われてしまったというのだ。

確かに、乱暴なことはしてきたが、盗みに手を出したことはない、と寛次郎は訊きに来た八吉に答えたのが、なかなか疑いを解いてはくれない。

仕方がないから、真犯人を見つけてやる、と豪語してしまった、というのだった。

「だからといって、あんな走り方をしても真犯人が見つかるわけではあるまい？」

黙って聞いていた千太郎が笑った。

「いや、あっしのあの乱暴をうまくかいくぐれる者がいるかどうかを知りたかったのです」

「おかしな考えだな」

「たいていは逃げるだけです。ぶつかってしまう者は、それだけの者。怒って喧嘩になるのも、ただ、それだけの男。そんななか、こちらをうまくはぐらかす人がいたら、その人に手伝ってもらおう……そんなことを考えていた、というわけなのですが」

「ばかなことを考えたものだ」

本気で千太郎は、呆れている。

「どうせ、元は相撲取り。力だけで生きようとしていたから、知恵がないのです」

「そんなことはなかろう。相撲取りのなかには、知恵者もいるはずだ」

苦笑いをしながら、千太郎がいった。

「しかし、あっしには知恵がない」

「私が知恵者だと？」

「あのように、一瞬にして消えることができるのですから、知恵と腕の両方を兼ね備えているに違いない、と睨みました」

「しかし、盗みを働いたといわれて怒らなかったのか」

「そらぁ、怒りましたよ。元相撲取りをばかにするな、と。だいたい、どうやって盗んだのか、証しを見せてくれともいいました」

「それは正しい」

寛次郎の顔が妙にしかめ面になると、

「それにしても、旦那は……そういえば、まだ名前を聞いてませんでした」

「姓名の儀かな？」

「……そんなところです」

「うむ、千の太郎であるが、かかし侍……といいたいが、まだいいだろう」

「まだとはなんです？」

「こういう決め台詞は、大事なときまで取っておくのだ」

「……よくわかりませんが」

「なに、気にすることはない」

「しませんからご安心を。そんなことより、あの、不思議な術を教えてくれませんかねぇ」

「術などはない。ただ、避けただけではないか」

「それができる人とできない人がいます」

寛次郎は、しつこく問い質《ただ》すが、千太郎は面倒になったのか、

「では、いま一度ゆっくりとやってみることにしよう」

千太郎が立ち上ると、寛次郎は、うれしそうに手を叩いた。

「馬鹿者、見せ物ではない」

肩をすぼめて、しゅんとなった寛次郎を見て千太郎は笑う。

「では、そこからゆっくり歩いてこい」

狭い座敷のなかでもいいのか、と寛次郎は問うと、よけいな心配はいらぬ、と答えられて、

「さすれば、ごめん」

まるで武士のような言葉を使って、千太郎の前に立った。

ふたりの間は、一間《けん》もない。一歩進んだらすぐぶつかる。

「ここからでいいのですか？」

「ぶつかるときは、離れておらぬ」

「まぁ道理ですが……」

腑に落ちない、という目つきで寛次郎は、一歩前に進んだのだが、その瞬間、千太郎が消えた。

「あれ？」

振り向くと、寛次郎の後ろにいて、廊下に出ようとしているではないか。

「ちょっと、ちょっと待ってください」

すたすたと、廊下を進み階段を下りていく千太郎の後を、どたどたと音を立てて、寛次郎は追いかける。

「逃げるのですか」

「ばかなことをいうな。逃げるわけがなかろう。面倒になったから帰るのだ」

「まだ、話は終わっていません」

「これで、料金を払って、かってについてこい」

千太郎は、紙入れを渡した。

外に出ると、不忍池からの風なのか、水草の匂いがした。

この界隈には、出会い茶屋も多いので、そそくさと歩く、娘や職人ふうの男、着流しなどが歩いている。

数人で歩く娘たちは、池ノ端にある十三夜《じゅうさんや》で櫛の買い物でもするつもりなのだろうか。

そんな人混みを、千太郎はすいすいと進んでいく。

寛次郎は、例によって大きな体をどたどたと音をさせて、後ろから追いかけていくのだが、なかなか追いつかない。

はぁはぁと息を切らしながら、足を速めてようやく追いついたときには、三橋《みはし》のそばまで進んでいた。

「なんて早い足なんですかねぇ」

それほど早足に歩いているようには見えなかったのだが、腰からすいすいと前に進んでいく様は、背筋が延びて、すっきりしている。

「剣術の達人だからですかねぇ」

息切れをさせながら、寛次郎が呟き、紙入れを戻す。

千太郎は、足を緩めて、

「そういえば」

「はぁ、なんです?」

「誰かを助けたい、と申していたが?」

「ですから、その話がまだだっていいたかったんですよ」

「それを先にいわねばいかぬなぁ」

「話には順序というものがありますから」

「なるほど」

納得しているような面《おも》持ちではない。

だが、寛次郎は不平もいわずに、

「ここで、立ち話ですかい?」

「歩くから、横で話せばよい」

はぁ、と寛次郎はため息をつく。それでなくても千太郎についていくのは、大変なのだ。その思いを汲んだのか、

「心配するな、ゆるりと歩く」

と千太郎は、速度を落とした。

「ありがたい」

寛次郎は、さっきの続きです、とまた語ろうとするも、前からくる人たちをひと睨みする。どうも癖になっているらしい。

「これこれ、その目つきはやめんか」

怒られて、肩をすくめながら、寛次郎はようやく語りだした。

十軒店の鹿屋の娘は、なかなか縁談についてうんといわない。そこで、両親は一計を案じた。

かってに、見合いをさせることにしたのだ。

芝居見物と称してお佐紀を連れ出し、桟敷席《さじきせき》のとなりに相手の男が座るように画策した。

その男とは、日本橋駿河町の呉服屋、伊丹家《いたみや》の跡取りで今年二十三歳になる長太郎《ちようたろう》という男だった。

これといった特徴があるわけではないが、伊丹家は老舗《しにせ》である。

そのような家に嫁に行けるなら、申し分はないだろう、との考えからだったが、その策謀にお佐紀は気がついてしまった。

やたらと、長太郎がにやにやしながら、お佐紀を見ていたからだ。その不躾《ぶしつけ》な態度に、なにかおかしい、と感じたらしい。

両親を見ると、そわそわと長太郎を気にした目つきをしている。

ははぁ……とお佐紀はこれは私に黙って見合いをさせていたのだな、と気がついた。

そのとたん、席を立ってさっさとその場から離れてしまったのだ。

慌てた父親の達次郎が追いかけたが、姿を見失ってしまったのだった。それほどの間があったわけではないので、達次郎は不審には思わなかったらしい。

それほどまで、見合いをさせられたことに怒ったのだろう、と考えたからだった。

「ところが……」

そこで、話を切ると、すかさず千太郎が訊いた。

「事件に巻き込まれていた、ということかな？」

「さすが、ご明察」

「そんなことは、誰でも気がつく」

「そうですか」

「で、その先はどうなったのだ」

まったく、連絡がなくなったのだ、と寛次郎は俯《うつむ》いてしまった。

「なるほど、わかったぞ」

「えぇ！　もう裏が見えたのですか、さすが手妻師」

「馬鹿者。わかったのは、そちがそのお佐紀さんに惚れていることだ」

「むむう……ご炯眼《けいがん》」

苦笑する千太郎だったが、まぁ、よいといって、

「で、そのお佐紀さんはその後どうなった」

「ですから、なんの連絡もなく、達次郎さんは途方にくれています」

「やっかいなことだな」

「私がふたたび呼ばれ、金のことは疑って悪かった、今度は、用心棒として雇ったことがあるのだから、お佐紀の探索をしてくれ、といわれました」

「見込まれたものだ」

「まったく……困って誰か手助けをしてくれる御仁がおらぬかと探したのが……」

「あの、馬鹿走りだったと申すか」

「そんなわけです」

まったく、くだらぬことを、と呟いた千太郎に、

「でも、その結果、千太郎どのに会えました」

「偶然だろう」

「世のなか、偶然も重なれば必然になりますよ」

「……おぬしは、おかしな男だな」

「はて、そうでございましょうか」

「町人かと思えば、武家言葉になり、武士のようだと思っているとと、まぬけなことをいう。不思議な男だ」

「元相撲取りですから」

「…………」

答えに窮する千太郎であった。

四

弟子にしてくれ、としつこい寛次郎である。千太郎は仕方なく、片岡屋まで連れて戻ってしまった。

そこには、また雪こと由布姫が待っていた。

「おや、雪さん」

　帳場にいる治右衛門となにか会話を交わしていた由布姫は、千太郎の顔を見ると、ぱっと顔に花が咲いた。

「千太郎さん。どこに行っていたのです」

「ちと、そのあたりをな」

「近頃はすぐいなくなりますねぇ」

「秋だから」

「私を待っていてくれたらいいのに」

　ちょっとすねる由布姫の前に、寛次郎の大きな体が立った。

「あら……」

　由布姫は、十九歳。そのはつらつとしたたたずまいに加えて、気品のある雰囲気は、寛次郎を驚かせた。

「千太郎さん、このかたは?」

　田安家にまつわる姫さまである。凛とした語り口調は、どこか偉そうだが、千太郎に対しては甘えが含まれていた。

「あぁ、この男ねぇ」

薄笑いで、千太郎は、元相撲取りだと答えると、寛次郎は、自分で名乗って、

「よろしくお願いいたします」

と頭を下げた。

「なにをお願いするのです」

千太郎と物見遊山にでも行くつもりだったのだろうが、邪魔されて機嫌が悪そうである。

「雪さん……じつはな」

と千太郎が、寛次郎から聞いた話をする。

「あら、十軒店ですって？」

「はい、なにか？」

「それなら、志津の実家があるところではありませんか」

志津は、由布姫御付の侍女なのだが、今日は姿が見えない。

「そういえば、いつもふたり一緒なのに、どうしたのです」

千太郎が、怪訝な顔をする。

「ちょっと、家のそばになにか事件が起きたという話があり、いまそちらに戻ったのです」

「事件が？」

「はい、お友だちの姿が消えたとか」

「ほう、それは……」

千太郎は、由布姫ではなく寛次郎に視線を送ってから、

「雪さん。そのお友だちの名はわかるかな？」

「お佐紀さん、という人ですよ。同じ人形店の娘さんだとか」

「それは……」

千太郎と寛次郎が目配せをするのを由布姫は見逃さなかった。

「なんです、ふたりでその意味深な目は」

寛次郎は、千太郎の顔を見た。喋ってもいいか、という意味が含まれた目である。

千太郎はふむと頷いた。寛次郎は、一度、大きく息を吸ってから、またゆっくり吐き出す。

「……これは、土俵に上がる前にいつもやっていた儀式なようなものでして、あまり気にしないでください」

由布姫は、小さく頷いた。

「それに、こうすると気持ちが落ち着くのです」

「そうですか。今度、試してみましょう」

その応対に、寛次郎は感服する。その威厳の奥にはやさしさがしっかりと備わっているとと思えたからだ。

頭を下げてから寛次郎は自分が松平家のお抱えだった頃から、腰を痛めて廃業したこと。それから乱暴な暮らしを続けていたこと。

いまはときどき頼まれ用心棒をすることがあり、そのなかの店に、十軒店の鹿屋があること……。

「なんですって。では、あなたは鹿屋さんと知り合いなのですか」

「はい。いっとき用心棒として働いていましたから」

「では、そこの娘さんとも？」

「もちろん知らぬ仲ではありません」

「まぁ。これは奇遇です」

由布姫の顔が興奮してきた。

頰に朱が染まるから、千太郎にはすぐわかる。

「おやおや、これはあまりいい兆候とはいえなくなってきたような。また活躍の場を見つけたと思ってますすね」

半分、揶揄《やゆ》するような千太郎の言葉に、由布姫は、きっとなって、

「遊んでいるわけではありません」

と、抗議の視線を千太郎に送ると、

「いやいや、なにも事件を楽しんでいるとは思っていません」

「楽しもうとしているのは、千太郎さんでしょう」

「そんなことはない」

「あります。いま鼻の穴が拡がりました。それは、嘘をついたからです。私は知ってます」

「これはしたたり」

なにやら夫婦喧嘩の様相を呈して、寛次郎は、

「ちょっと、待った！」

と芝居がかった声で、止めに入る。

寛次郎のその声に、千太郎と由布姫は苦笑しながら、言い合いをやめた。

「なにやら、ふたりは夫婦のようですが」

「そんなことはありません」

由布姫が答えたのだが、その声には迫力がない。

「まぁ、そんなことはどうでもよい。問題は、寛ちゃんと、志津さんの友だちの家が知り合いだったということではないか」

「寛ちゃん！」

千太郎の親しげな呼び方に、寛次郎は目を丸くするが、不服をいう気はなさそうである。むしろ、うれしそうに、

「では、師匠、私と一緒にお佐紀さんを探してくれますね」

と、とうとう師匠にしてしまった。

「こんな大きな弟子など持つ気はない」

と千太郎は答えたが、

「力仕事ならまかせてもらいましょう」

といったので、由布姫が喜んだ。

「千太郎さん、いいではありませんか。なにが起きるかわかりませんよ。大きな石でも運ぶことになったら、この人の力が役に立ちます」

「石など運ぶようなことにはならないと思うが？」

「この世のなか、一寸先は闇です」

「ううむ、ちと比喩《ひゆ》が変だが、雪さんがそういうなら、仕方あるまい」

最後は、千太郎も頷くしかなかった。

「これは、うれしや」

にがにがしい顔をしている千太郎を尻目に、寛次郎は大きな体を揺すって、喜んでいる。

「そうなったら、すぐ鹿屋に行きませんか」

由布姫が、勇んで腰を上げる姿に、千太郎が釘を刺す。

「雪さん、初めからそのように力が入っては、見えるものも、見えなくなりますぞぉ」

「力など入っていません」

「そうかなぁ」

「当然です。いままで、何度修羅場を潜ってきたことか、それは、千太郎さんもよくご存知でしょう」

「いやいや、だからといって」

「なにか意見でもあるのですか！」

またぞろ口喧嘩を始めたふたりに、寛次郎は、大声を出した。

「わっはははは！」

ふたりは、はっと口をつぐむ。

「喧嘩ができることは仲よきこと。じつによきことでござります」

その台詞に、千太郎と由布姫のふたりは、苦笑するしかなかった。


片岡屋を出た三人は、日本橋に向かった。

下谷広小路に出て、そこから御成街道を南下すると、神田川にぶつかる。筋交御門《すじかいごもん》を抜けて、須田町、鍋町《なべちょう》、鍛冶町《かじちょう》を通りすぎ、今川橋を渡ったところが、本銀町《ほんしろがねちょう》。

それを直進すると、人形店が軒を並べる十軒店だ。

いまは、酉《とり》の刻。夕闇にはまだ早く、かといって、昼の暑さからも逃れられ、快適である。

千太郎と由布姫は楽しそうに歩いていた、寛次郎だけは違った。やたらと汗をかいている。

それを見て、由布姫が問いかけた。

「寛次郎さん、どうしたのです、その汗は」

「体が大きいから、汗が出るんです」

「本当ですか？」

由布姫の目は真剣だ。

「私は子どもの頃から痩せたことがないので、常に汗かきでした」

その言い方が面白かったのか、由布姫は、大きな声で笑った。

寛次郎は、それでも嬉しそうだ。

「雪さんは楽しいおかたです」

「おや、それは褒めていただいたのでしょうか？」

「もちろんです」

「それは嬉しいこと」

「いままで、周りにはいない類いのかたですねぇ……ふたりともですが」

その言葉に、思わず千太郎と由布姫は目を見合わせて、にやりと笑う。

「ほらほら、その意味あり気なまなざし。なにか隠していることがあるのでしょうが、まぁ、あまり突っ込んでは訊かないことにします。じつは、天狗が化けているのだ、などといわれては逃げ出したくなりますから」

「わっははは！」

千太郎のひときわ大きな笑い声が、十軒店の通りに響き渡った。

五

「ところで……」

由布姫が、そっと身を寄せた。

「はい？」

千太郎が答えると、由布姫は意味深な顔をする。

「例の話はどうなりました？」

「……いや、本人からはまだなにも来ておらぬので」

「志津は、まだ知らないのですね」

「おそらく」

「では、知らぬ振りをしていましょう」

「そのほうがいいでしょう。本人から聞くのが一番でしょうから」

「それにしても」

「はい？」

「若いふたりはいいですねぇ」

「…………」

「あ、私たちも若いですけどね」

由布姫は、姫らしくなくけたけたと笑った。

千太郎は、苦笑まじりに、

「では、私たちも急ぎますか？」

その言葉に、由布姫は首をかすかに傾げて、

「さぁ、千太郎さんはいかが？」

「はてねぇ」

「ほら、ご自分がまだまだ、とお考えなのでしょう」

「まだまだ、とは思っていませんがねぇ」

「では、なんです？」

由布姫は、容赦なく突っ込んでくる。千太郎は、ふうむ、と唸ってしまった。

「では、お聞きするが」

「なんなりと」

「雪さんは、どうしたいのです」

「はてねぇ」

「それは、私の台詞ですぞ」

「これだけ、一緒にいるのですから、似るのは当然のことですよ」

「はぁ……」

千太郎は、じっと由布姫を見つめて、

「だんだん、仕草まで私に似てくるような気がします」

「いけませんか？」

由布姫は、千太郎がときどき面倒くさくなったときに見せる、手をひらひらと振る動作を真似た。

「ほら、またそれだ」

「いいではありませんか。仲がいいのですから」

由布姫が、じっと千太郎の瞳を見入っていると、

「またまた、おふたりさん。仲がいいのはわかりますが、こんな往来ではやめていただけませんかねぇ」

寛次郎が閉口《へいこう》している姿に、ふたりは、目を合わせて、にんまりする。

「あぁ、あぁ」

寛次郎は、あきれ果てたという、嘆きとも、なんともいえぬ声を出して、先に進ん

でいった。

鹿屋は、志津の実家である梶山《かじやま》の三軒となりにあった。

間口《まぐち》四間半の店《たな》である。

店の前に着くと、寛次郎は、ふぅとまたもや、大きく息を吐いた。ため息とはまた異なる呼吸を始めた。

「なにやら、おかしな陰陽師《おんみようじ》のようですねぇ」

由布姫はそれでも、楽しそうに寛次郎を見ている。

数呼吸すると、寛次郎は、よし、といって、手で腰や膝をぱんぱんと叩いて、

「行きましょう」

と店のなかに入っていく。千太郎と由布姫も続いた。

寛次郎を見つけた手代が、おやおや、と寄ってきて、

「寛次郎さま……」

お佐紀の姿が消えたことは、使用人たちも知っているし、寛次郎が、達次郎にいわれて、その探索のようなことをしていることも聞かされていた。

そのために、助け船が来たような顔をしている。

「山《やま》さん……達次郎さんは？」

「奥にいます」

　そういって、千太郎と由布姫を怪訝そうに見た。寛次郎が付き合っている用心棒仲間や、相撲仲間とは異なる雰囲気を持つふたりにとまどっているらしい。

「あぁ、心配はいらん。あのふたりは私の師匠だ」

「お師匠さんですか？」

「いろいろ、教えてもらっているのだ」

山さん、と呼ばれた手代は腑に落ちない顔をしている。どう見ても、師匠という雰囲気ではないからだろう。

だが、寛次郎はそんな憶測など気にせずに、

「上がるぞ」

と、框《かまち》に足を乗せると、千太郎と由布姫にも一緒に来るように手招きした。

曲がりくねった廊下を慣れた足取りで、寛次郎は進んだ。

奥の一室に入る。そこが、達次郎が普段使っている部屋だった。

特別、裕福そうな造りの部屋ではないが、床の間に大きな唐子《からこ》人形が飾られていた。

長火鉢の前に、細面《ほそおもて》で四十歳くらいの男が座っていた。寛次郎を見ると、

「おや、連絡もなく……」

と咎めるような目つきをする。

他人を訪ねるときは、先にその旨を知らせておくのが礼儀だ。それを無視した、と目を細めたのだろう。

だが、寛次郎の後ろから、千太郎と由布姫が入ってきたので、さらに驚いた表情をする。

「寛次郎さん、これは？」

「あぁ、心配はいらんよ」

「……そんなかってに、どこの誰かもわからぬ人と」

「このおふたりは、私の師匠だ」

「師匠？　なんのです」

「生きる上で、いろいろ知恵を授けてくれる」

「はぁ……」

わかったようなわからぬような目つきで、達次郎は、千太郎と由布姫を値踏みする。

そんな目を無視して、

「すまぬな」

すぅっと音もなく千太郎は、正座する。由布姫も、流れるようにそのとなりに、膝をそろえて座った。

その優雅な動作に、達次郎は、驚いている。

「どうだ、この所作を見ただけでも、すばらしいであろう」

まるで、自分のことのように寛次郎は達次郎に告げた。

「はぁ、あのぉ」

達次郎が、ふたりを窺うような目つきをすると、

「こちらは、千太郎さん。こちらは、雪さん」

と、紹介した。

「上野山下の片岡屋という店で、古物、刀剣、書画などの目利きをいたしておる。よしなに頼む」

特に、へりくだる様子もなく語る千太郎に、達次郎は、位《くらい》負けをしていた。

「あ、はぁ……それはわざわざお越しいただいて、痛み入ります」

ふむ、と偉そうな態度を取る千太郎だが、達次郎は、不服そうな顔はせずに、寛次郎を見る。

「で、寛次郎さん。どのようなご用です？」

「例の件だ」

「…………」

「心配はいらんぞ。このふたりは、天狗の生まれ変わりだからな。どんな難題もだまって座ればぴたりと当たる」

大げさな寛次郎の言葉に、千太郎は、ばかなことをいうな、と声をかけた。

由布姫が、少しにじり寄って、

「じつは、この鹿屋さんの三軒となりに、梶山という店がありますね」

「はい」

「あそこの娘が、私のところで働いているのです」

「お志津さんのことですか？」

「はい」

「それはまた……お志津さんといえば、どこぞ、大きな屋敷で武家奉公をしていると聞いていますが」

目の前にいる娘がその主人なのかと不思議な思いなのだろう、にわかには信じられない、という目つきだ。

「大きな屋敷はどうでしょうか。いずれにしても、志津とこちらの娘さんとは、懇意と、この寛次郎さんからお聞きしました」

「幼なじみですからねぇ」

志津が働く家といえば、武家でも名のある家だ、と聞いていたと、達次郎は不思議そうに語った。

「そのような関わりですから、この寛次郎さんに話を聞いて、なにかの役に立ちたい、と思って伺いました」

「そういうことですか」

「不躾なところは、ご容赦ください」

威厳とやさしさを備えた由布姫の言葉に、達次郎はすっかり毒気を抜かれてしまったらしい。

「いえいえ、それはもう、願ってもないことです、はい。なんなりとお聞きくださ い」

その応対に、寛次郎は満足そうに頷いている。

しかし、達次郎の話にはほとんど重要な内容はなかったといっていい。なにしろ、自分の娘に惚れた男がいたのではないか、と訊いても、

「さぁ、わかりかねます」

と答えるだけ。首を振るだけならまだしも、そんなことを知るわけがない、といっ

た雰囲気なのだ。

隠れなければいけないようなもめ事があったのか、と尋ねても、

「さぁ……どうでしょうか。聞いたことがありません」

と予測もつかない、という顔つき。

では、金子《きんす》が帳場から消えた件については、どうなった、と寛次郎が問うと、

「あぁ、あれは、こちらの間違いでした」

と、横を向く。

これでは、まったく埒が明かないと千太郎や由布姫だけではなく、寛次郎まで癇《かん》癪《しゃく》を起こしてしまった。

「旦那！　そんなことだから娘に逃げられたんではありませんかい！」

顔を赤くして怒鳴る寛次郎に、達次郎は、そんなことをいわれても、とこれまた、父親とは思えない態度だ。

すると、達次郎は本当は気になることがある、といいだした。

「あまり大きな声ではいえませんが、伊丹家さんの若旦那、長太郎さんですが、お佐紀に一目ぼれをいたしまして、何度もあの後見合いをもう一度やってくれないか、と頼んできたのです。私としては否やはありませんが、なにしろお佐紀があの体《てい》なので、

お待ちください、というと、待てない、と申しまして」

「なにかされたのか」

「いえ、長太郎さんがどういうわけか、力ずくでも祝言に及びたい、と叫んでいると聞き及んでいます」

「それは、その長太郎がかどわかしたのではないか、と暗《あん》にいうておるのか」

千太郎が問い詰める。

「はっきりはいえませんが……八吉さんがそんなことをいってました」

寛次郎は、いまからその伊丹家に行く、と騒ぎだしたが、千太郎はそれを制する。

それぞれが、分かれて番頭や手代に話を訊いてみることにした。

そこで、わかったのは、お佐紀は湯島境内で開かれている宮地《みやじ》芝居にご執心だったということだった。

村沢彦丸《むらさわひこまる》という役者を贔屓《ひいき》にしていた、というのだった。どうして、そんなことを達次郎が知らないのか、と千太郎は疑問に思ったが、

「それは、旦那様は役者などは河原乞食《かわらこじき》だからと、馬鹿にしていたからですよ」

と一様に答えが戻ってきた。

そこに親子の絆を薄くする要因がある、と千太郎は睨んだのである。

「でも、もし伊丹家の若旦那が、その彦丸という役者の存在に気がついたとしたら、ふたりの仲を裂きたいと思うのではありませんか？」

それに、寛次郎が同調する。

「そうだ、それに違いありません。その伊丹家があやしい」

由布姫と寛次郎は、気がはやっている。

「まぁ、待て、おかしくはないか？」

千太郎が、首を傾げるのを見て、由布姫と寛次郎はどこがですか、と追及する。

「どうもなぁ、しっくりこぬのだ」

理由をはっきりいわない。

「それだけでは、わかりません」

由布姫の言葉にも、千太郎は、そうだなぁ、と応じるが、

「金子が消えた話をどう思うか」

とふたりに問う。

「あの間違いというのは、胡散臭《うさんくさ》いですね」

由布姫は、嘘だろうと答え、寛次郎もそれに同調する。

「金がなくなったことと、お佐紀さんが、宮地芝居の役者に入れ揚げていたことは、

どこか繋がっているのではありませんか？」

由布姫は、お佐紀が彦丸に会う金が欲しくて盗んだのだろう、と断言する。

「その筋目なら、わかりますぜ」

寛次郎までもが、その節に同調した。

それでも、千太郎は頷かない。

「どうして達次郎は寛次郎にお佐紀の居所を探させるようなことを頼んだのだ？」

「それは、見つけて連れ戻したいからでしょう。それに、金をちょろまかしたことには、腹が立っているはずですから」

寛次郎は答える。

「ううむ」

腕を組んで、そうかなぁとなかなか得心しない千太郎に、由布姫が焦《じ》れた。

それでも、千太郎は首を傾けながら、

「では、志津さんの家に行ってみよう。いたら、なにか知っていることがあるかもしれない」

三軒となりだから、梶山まですぐだ。

千太郎は、すたすたとひとりで、店のなかに入っていくと、すぐ出てきた。

「おかしいぞ」

「なんですか？」

由布姫は、まだ店に顔を出していない。

「志津さんは、帰っていないということだが？」

「まさか。昨日帰っているはずです」

慌てて、由布姫も梶山に入ったが、やはりすぐ戻ってきて、きつねにつままれたような顔だ。

「おかしな話です」

やはり、戻ってはいないといわれたというのだ。

「なにか、いろいろおかしなことが続きますねぇ」

寛次郎が、自分はどうしたらいいのか、という顔つきである。

千太郎は、ううむ、と唸り続けていたが、

「もう一度、達次郎に会う」

と、鹿屋に戻っていった。

慌てて、由布姫と寛次郎も追いかけた。

って行った。

六

達次郎はいるか、と使用人たちが驚いているのを尻目に、千太郎はかってに奥に入っていった。

「いかがいたしました」

慌てて、廊下に達次郎が出てきた。

「達次郎、なにか隠しているな？」

千太郎が、問うと、驚き顔で、

「そんなことはありません。なにを根拠にそのようなことを……」

その場にへたり込んでいる。

「いいから、立て」

「は、はい」

達次郎は、千太郎の声に怒りを感じているのか、腰が抜けてしまったようだ。

「鳶の頭《かしら》はどこにいる」

「あ、あの……」

「なんだ」

「頭は関係ありません」

「そんなことは私が決めるから、早く連れて行け」

「しかし」

「なにか不都合があるのか」

「いえ、そうではありませんが、あの……」

「やかましい！」

大きな声を出されて、ますます達次郎の体は小さくなった。

遅れて追いかけてきた由布姫と寛次郎は、千太郎がなにを考えているのかわからず、後ろでうろうろしているだけだ。

鳶の頭がどうしたのか、千太郎は解説をしないので、ふたりにしてもなにがどうなっているのか、まるで見当もつかない。

達次郎を引っ立てるようにして、外に出ると、

「八吉といったな、鳶の頭の名は」

「はい」

「どこだ、その八吉の住まいは」

「あ、はい……」

「早くしろ」

「あ、あちらです」

十軒店から、さらに日本橋のほうに向かった。通りを直進すると、室町《むろまち》だが、その手前の駿河町《するがちょう》に入った。

路地に進んでいくと、達次郎の歩きが遅くなる。その背中を押す。

「あそこです」

鳶の纏《まとい》などが置かれているところかと思ったら、普通の平屋だった。

「八吉はあそこにいるのか」

「はい、私はここで……」

「黙れ、お前もぐるなのはわかっているのだ！」

「え……」

驚いたのは達次郎だが、もっと驚いたのは、後ろから追いかけている由布姫と寛次郎だった。

「どういうことです？」

寛次郎が、となりを歩く由布姫に訊いたが、

「さぁ、私もさっぱりですよ」

そんな会話を聞きながら、千太郎は、さらに問い詰めた。

「八吉のところに、お佐紀さんとお志津さんがいるのか？」

「は、はい……」

「やはりそうか」

「で、でもどうして気がついたのです」

達次郎は、声が震えている。

「だいたい、話がおかしすぎたのだ。まずは八吉を連れてこい」

「しかし」

「どうせ、これはお前が書いた狂言だろう。お佐紀の芝居好きをやめさせたかったのか、それとも、もっと高く売り込もうとしたのか」

「…………」

「答えたくなければ、よい。お佐紀さんに訊けばよいことだ」

八吉の家の戸口に立った千太郎は、開き戸に手をかけたが、びくともしないとわかると、

「えい！」

思いっきり蹴飛ばした。

どん、がたん、という大きな音が続く。

なかから、誰かが吹っ飛んできた。

「な、なにをしやがる！」

法被《はっぴ》を着て、腕に彫り物がある勇み肌の男が出てきた。

「おぬしが、八吉か」

偉そうな侍に、いきなり名を呼ばれて、

「な、なんだ。あんたは」

「お佐紀さんと志津を返してもらいに来た」

「な、なにぃ？」

八吉と思える男は、ぶるぶる震えている達次郎を見とがめて、

「あ、旦那……これはどういうことです」

「八吉さん」

達次郎は、お佐紀と、志津さんを連れて来てくれ、と呟いた。

「しかし」

「いや、もういいのだ」

「どうしてです。まだ、仕掛けは終わっていませんぜ」

千太郎が、ふたりの会話に割って入った。

「おっと、その仕掛けというものを説明してもらいたいが、その前に、まずは、お佐紀さんと志津を返してもらおう」

八吉が、達次郎にどうするか、と窺いの目で見ると、

「計画は終わりだ……」

と達次郎は、観念の声を出したのだった。しかし、八吉はその言葉どおりには行動しなかった。

「野郎！　邪魔するんじゃねぇ！」

千太郎に、飛びかかった。

「おっと、鳶だけにトビかかるか……わっははは」

「なんだと？」

はぐらかされて、八吉はさらに怒った。そばにあった心張り棒を手にすると、ぶんぶんと振り回しながら、千太郎の前に立つ。

「せっかくの、金儲けがこれでおじゃんになってしまった。その仇を撃つ！」

「ほう、金儲けの仇とはこれいかに」

あくまでもとぼけた答えを返す千太郎の態度に、八吉は怒りが沸騰した。この野郎、と叫びつつ棒を頭から振り降ろす。

だが、千太郎にそのような喧嘩法など効き目はない。

「おっと、おっと」

数度、ひょいひょいと逃げ回ってから、

「ほい……これで少し寝ていろ」

くるっと体を回し、元に戻ると八吉は、どうした加減がその場に倒れてしまっていたのである。

それを見ていた、寛次郎が、

「それ、それだ！　だけど、まったく見えなかった」

由布姫が、鳩尾《みぞおち》に当て身をくらわしたのだ、と答えた。

「ううむ、雪さんも天狗の類いですか……」

寛次郎は、じっと由布姫の目を見つめたのだった。

四半刻後。

お佐紀と志津のふたりが鹿屋の奥座敷に座っている。そばに千太郎、由布姫。それに、寛次郎。

達次郎は、隅に小さくなっている。

寛次郎は、まったくわからねぇ、と首を傾げ続けていた。

「いったい、どうなっているんです？」

「達次郎、謎解きをするんだ」

話はこうである。

千太郎が睨んだとおり、達次郎はなんとかお佐紀の縁談をまとめたい、と考えていた。

ところが、いつになっても本人はその気にならない。その理由もいわない。そこで、ある日、八吉にその裏を探らせた。

お佐紀が家を出てどこに行ったたか、それを調べるように頼んだ。すると、何度か湯島に行くことに気がついた。

ただお参りに行くだけではなく、宮地芝居を見ていると、報告した。さらに、役者の村沢彦丸にご執心だという事実が判明したのである。

達次郎は、そんな河原乞食と仲良くしている娘など、いい縁談がきたときにばれたら大変なことになる、と芝居通いをやめさせようとしたが、お佐紀はまったくやめる気配はない。

せっかく伊丹家の若旦那に惚れられたのに、このままでは破談になってしまう。

そこで、今度のかどわかし狂言を考えついたという。

聞いていた、千太郎が首を傾げる。

「だが、かどわかしをしたところで、なんの得があるのだ。目的が見えぬ」

「河原乞食と別れさせることと……」

そこで、口ごもったのを見て、千太郎は、

「ははぁ……さては、このかどわかしを、伊丹家がやったことにする気だったな？

長太郎という男が、力ずくでもお佐紀を手にする、と豪語していた、という話を利用する気であったのであろう」

達次郎は、そのとおりです、と呟く。

「そこで、伊丹家に恩を売る気になっていたか」

「そうしたら、たとえ宮地芝居との仲がばれても、なんとか祝言させられると考えたのでございますが」

「ばかなことを……こんな話はすぐばれると思わぬか」

「……策に溺れました」

「策ともいえぬ策だが。まぁ、素人考えだ」

達次郎は、どんどん小さくなっていく。

「ところで、店の金が消えたのはなんだ。あれは、お前がかってにいいつのっていただけであろう？」

「はい……」

「目的はなんだ。女か」

達次郎は、目を伏せると、寛次郎が進み出て、

「なんだって？　自分が女に入れ揚げていたのを、他人のせいにしたのか！」

いまにも、殴りそうになって、由布姫が止めた。

「まったくなんて、親父だ」

寛次郎は、憤懣やるかたなし、という顔で達次郎を睨みつける。

「でも、どうして私だと気がついたのです」

「簡単なことだろう。誰も盗める者がおらぬとしたら、いつも金を扱っている者しかおらぬ。だとしたら、達次郎、お前だけだ」

「ご炯眼……恐れ入りました」

崩れ落ちる父親を見ながら、お佐紀は泣き続けている。そのとなりで、志津が慰め

る役であった。

七

「どうして達次郎と八吉に目をつけたのです？」

十軒店から、下谷に戻る途中、由布姫が訊いた。

「なに、達次郎のいうことがあまりにもあいまい過ぎた。これはなにかを隠しているな、と思ったまで。すると、今度は、伊丹家が怪しいなどといいだした。いうことが泥縄だったから、これはひょっとしたら、とちょっと突いてみただけのこと。いってみれば、ヒョウタンから駒というわけです」

わっはは、と千太郎は笑う。

「寛次郎さんを呼んだのは？」

「最初は、金子の盗みを押し付けるつもりだったのだろうが、当てがはずれたといったところかな？」

「それにしても、お佐紀さんは可哀想でした」

片岡屋に戻る途中、由布姫が呟いた。

「なに、これで親娘がお互いでかってなことをしていたとわかるであろうよ。そこから新しい関わりが生まれたら、それはそれでよしということでしょう」

「そうなりますか？」

「なります。親子とはそういうものです」

「なるほど……千太郎さんも、そのような父親になるのでしょうねぇ」

由布姫の目が笑っている。

「しかし、志津さんもとばっちりを受けたものだ」

千太郎は、話を変えてしまった。

「たまたま、達次郎と八吉の仲がいいのを知っていたから、あの家を訪ねただけだったのですね」

由布姫も、仕方なく話を変える。

「でも、怪我もなく良かった」

「確かに」

志津は、屋敷に戻り、寛次郎は達次郎に乞われて、まだ鹿屋に留まっていた。

「寛次郎さんは、お佐紀さんに惚の字らしいから、喜んでいました」

由布姫は笑った。

「さて、ではそろそろ、つかの間のふたりきりを楽しみましょうか」

千太郎が由布姫をじっと見つめる。

「あら、それはうれしいこと……どこに行きますか？　ここは、不忍池も近いですからね？」

暗に出会い茶屋が多い、といいたいのだ。

「うん？　それは、いやいや……」

千太郎が慌てて、先を歩きだした。その背中を見て、由布姫は、ふふふ、と笑いながら、追いかける。

「私に敬語はやめてくださいな、というたのに、なかなか直りませんねぇ」

由布姫は、呟く。

秋の深い不忍池には、闇が迫り始めていた。

第三話　千太郎の贋者《にせもの》

一

「この野郎！」

いきなり後ろから蹴飛ばされて、前に飛んでいく。

「な、なんだ、なんだ」

蹴飛ばされた若侍は倒れそうになったが、なんとか踏みとどまって、そばの築地塀《ついじべい》に手をかけ、振り向いた。

「誰だ！」

そこには、髭面《ひげづら》の男が立っていた。棍棒のようなものを手に下げて、いまにも殴りかかってきそうな構えである。

縞《しま》柄の着流しに裾を帯に挟んで、袴の股立を取ったような格好は、侍ではない。

「おぬし、何者！」

若侍は、鯉口に手をかけて、いざとなったら刀を抜く態勢を取る。

と――。

「あれ？」

髭面は顔をしかめた。

「これは妙だぞ」

「馬鹿者。それはこっちの台詞だ。佐原市之丞と知っての狼藉《ろうぜき》か！」

「佐原？　市之丞？」

若侍の正体は市之丞――。

「なにゆえ、蹴飛ばした。理由によってはこのままではすまされぬぞ」

「あらら……」

急に、相手の威勢が消えていく。肩から力が抜け、全身だらりとなり、棍棒の動きも止まった。

ここは、飯田町の大名小路。周りには武家屋敷が並び、人通りはあまりない。

「間違いだ」

「なにぃ？」

「人違いだ。許してくれ」

髭面の男は、突っ立ったまま頭を下げた。だが、およそ本気で悪かったと思っているようには見えない。

「なんだ、その偉そうな謝り方は。そんなことで、この佐原市之丞、引っ込みはつかぬ」

「そこんところをなんとか」

「愚弄《ぐろう》するか！」

「愚弄も次郎も三郎もねぇよ。ただ間違いだったと謝っているんだ」

髭面は、そのまま背中を見せて、離れていこうとする。市之丞は、待て、と叫んで先回りした。

「待て、待て、待て」

「…………」

「このまま黙って帰すわけにはいかぬ」

「なぜだい」

「なぜかと？　盗人猛々《たけだけ》しいとはよくいうたものだ」

「はぁ」

「ここに直れ」

「なぜです」

「同じことをしてやる」

髭面は、市之丞をじっくりと見つめて、

「おかしなお侍だな、あんたは」

「お前などにいわれたくはない」

「ほう、ということはほかにも同じようなことをいう人がいるということだ」

一歩も怯《ひる》まずに、髭面は、またそのまま市之丞から離れようとするが、

「待てというに」

「人違いだというておる。そこをどけ」

市之丞は、それでも引き下がらない。

「……？　おぬしは元武士か。町人ではなさそうだが」

「おっと、いけねぇ。旦那……ご勘弁を。ちょっとした手違いでごぜぇますから」

「なんだこいつは、ころころ態度を変えて。名を名乗れ」

「名前ですかい？　あっしは、そこの近兵衛《きんべえ》長屋に住んでいる、千太郎という者でさ

あ」

「なに？　千太郎？」

「へぇ、お見知り置きを」

「本名か？」

「名前で嘘をついてもなんの得はねぇです」

「ううむ。仕事はなんだ」

髭面は、眉をひそめて、

「旦那、どうしてあっしのことがそんなに気になるんです？」

「馬鹿者！　背中をいきなり蹴飛ばされたのだ。誰がなんのためにやったのか、知りたいと思うのは当然であろう」

「ははぁ……旦那はまじめですねぇ」

「そういうことではない！」

とうとう、市之丞は癇癪《かんしゃく》を起こしてしまった。

「だいたい、名前が気に入らぬ」

「はぁ？」

「変えろ、そんな名は」

「無茶な。これは生まれたときからのもんですぜ。それをなんだって、変えろと──」

「……ただただ気に入らぬからだ」

「それだけではなさそうですがねぇ」

「やかましい！」

市之丞は自分でもなにをいっているのかわからぬ、という顔つきだ。そんな侍に付き合ってはいられぬ、と髭の千太郎は、走って逃げ出した。

だが、市之丞も今日はしつこい。

「待て！」

ふたりは、飯田町から向柳原《むこうやなぎばら》まで出て、土手で追いかけっこを始める。

途中、棒手振《ぼてふ》りが驚き、道をあけて、土手から落ちそうになり、若い娘はきゃっと叫び声を上げてその場に蹲《うずくま》り、子どもは呆然とふたりが走り過ぎていくのを見つめている。

とうとう、ふたりは柳橋の前まで来たところで、さすがに息が切れたらしい。まず髭の千太郎が足をゆるりとさせ、そこに、酒も飲んでいないのに、千鳥足になった市之丞が、追いついた。

「待て、こら」

髭の千太郎の肩を摑んだ。

「……あんたもしつこいなぁ」

「当たり前だ。これから妻を迎えようとしている男は強いのだ」

「意味がわからねぇ」

「こっちのことだ。気にするな」

はぁはぁいいながら、ふたりのやり取りは続く。

「さぁ、本当のことをいってもらおうか。どうして、私の背中を蹴飛ばしたのだ」

「ですから、間違いだといってるじゃねぇですかい」

「ならば、誰と間違えたのだ」

「そんなことまでいう必要はねぇでしょう」

「そうはいかぬ。本人に忠告しておかねばならぬ。髭の男があんたを狙っていると な」

「余計なことはしねぇほうが身のためですぜ」

市之丞は、不審な目で髭の千太郎を見た。

「おやぁ？　どうやら、武芸の稽古もしているらしい」

そういって、手のひらを摑んだ。

「これは、竹刀《しない》だこだ。やはり、このまま逃すわけにはいかぬ」

だが、それまで下手《したて》に出ていた髭の千太郎は、急に、剣呑《けんのん》な目つきになると、目にも留まらぬ速さで、市之丞の腹に拳を打ち込んだ。

「う……お前」

市之丞は、その場に昏倒してしまったのである……。

倒れてくる市之丞の体をよけながら、髭の千太郎は、そっとその場から離れていった。

二

十軒店の梶山では、いま、由布姫と志津が奥の部屋で、話し込んでいた。

外から、子どもの笑い声が聞こえてくる。また、客の楽しそうな会話も耳に入る。

だけど、ふたりの顔は深刻だった。

「誰がそんなことをいうておるのです」

「あのかた、このかた、というものではありません。屋敷全体に蔓延《まんえん》し始めているのです」

「困りましたねぇ」

「こうなったら、早く、千太郎君と祝言を挙げていただいたほうがよろしいかと思います」

志津は、江戸屋敷から出るときに、釘を刺されたというのだった。

由布姫の行状を非難する重臣が増えてきたという話なのである。第一の理由は、屋敷を勝手に抜け出して、なにをしているのだという非難。

稲月家との祝言はどうなっているのか、という問題。

このふたつの課題を抱えたままでは、最悪の場合、屋敷から出ることが叶わぬようになる、と志津は懸念《けねん》しているのだった。

「困りましたねぇ」

そう答えながらも、由布姫はあまり困った様子ではない。

「姫さま……」

「なんです」

「もっと真剣にお考えになったほうがよろしいのではありませんか」

「なにをです」

「もちろん、祝言のことです。千太郎さんが気になるのはわかりますが、ご身分というものがあります。どこの何者ともわからぬ、しかも、自分の過去が誰であったのかも知れぬという浪人と仲良くしているのは危険ではありませんか」

「それが、皆に知れたら大騒ぎになると？」

「はい」

由布姫は、片岡屋に居候している目利きの千太郎の本当の顔が、稲月家の若殿だと気がついている。だが、志津は知らない。

だから、由布姫が片岡屋の千太郎に近づくのはもうやめたほうがいい、と忠告しているのだった。

由布姫は、その言葉を無視している。

当然である。片岡屋の千太郎は、稲月千太郎なのだ。だからこそ、由布姫は雪となって、千太郎と一緒に市井《しせい》で楽しんでいる。それをやめるわけがない。

だまって返事のない由布姫に志津はいらいらする。

「姫……」

「なんです」

「悠長なことをしている場合ではありません」

「そうですか」

「そうですか、とはなんです」

「そのままの意味ではありませんか」

面倒な話はやめろ、という目つきで志津を睨んだ。

「わかりました。そのような態度では、私はついていくことができません」

「また、始まりましたね」

「何度でも、同じ台詞を使います。もっと大人におなりください」

「あははは、そうねぇ」

からかわれているとでも思っているのか、志津の顔が次第に真っ赤になり、頬が膨れ上がっている。

「わかりました」

「ようやくわかっていただけましたか」

「違います。市之丞さんがどうして、志津を可愛いと思っているか、その理由がわかったのです」

「な、なんです！」

志津の顔は、さらに膨らんだ。

由布姫は、口元を手で押さえながら、

「市之丞さんが、志津を妻にしたいと願うのもわかります」

その言葉を出した瞬間、志津の体が固まった。その場の雰囲気がいきなり凍りついた。

「な、なんと申されました？」

「あ……」

しまった、という表情をする由布姫に、志津はもう一度問う。

「いま、なんと申されました」

「あ、いや……」

由布姫は、しどろもどろになってしまった。その態度に、志津は不審な顔で、

「いまの話は本当でございますか？」

「…………」

じっとしている由布姫に、志津は落胆する。

「やはり、嘘でございますか」

「嘘ではない、真《まこと》のことです」

「なんとおっしゃいました？」

由布姫は、手を握ったり、髪の毛に触れたりしていたが、

「仕方ありません。本当のことをいいましょう」

決意する由布姫に、志津は、やはり……と肩を落とした。

「ただの比喩《ひゆ》でしたか……」

「だまって聞きなさい」

毅然としたいつもの態度に戻った由布姫は、背筋を伸ばした。

「千太郎さんから聞いたのです。本当なら、市之丞さんから直接聞かせるつもりでしたが、こうなってしまっては、話しましょう」

志津は由布姫を直視する。

「じつは、市之丞さんは、志津との祝言を考えているそうです」

「…………」

「私と稲月家の祝言がまだなので、お前はうんといわぬかもしれませんが、私も片岡屋の千太郎さんも、賛成です」

「それはうれしいことですが」

志津は、うれしそうだが、もろ手を挙げて喜んではいない。由布姫の顔もかすかに曇っている。

「ただ、問題もあるのです」

「姫さまの祝言ですね」

「まぁ、そんなようなものです……」

だが、真の問題は別のところにあるのだった。

由布姫は、市之丞が稲月家の千太郎君の家臣だと承知しているが、志津は知らないのだ。

つまり、ふたりが祝言を挙げることになると、片岡屋の千太郎は、稲月家の若殿だとばれることになる。

はたして、それでいいのかどうか?

そこが由布姫の心に引っかかるところだった。

「姫さま……」

千太郎や市之丞の素性に頭を巡らせていて、ぼぉっとしていたらしい。

「志津……」

由布姫の声は低くなっている。

「はい」

「私はそなたと、市之丞さんとの祝言には賛成です」

「はい」

「ですが、そこにいたるには、いろいろと明白にしなければいけないことがあります」

「姫さまの正体ですね」

「それもあります」

「ほかにもあるのですか？」

その疑問にどう答えようかと、由布姫は少し逡巡《しゅんじゅん》する。

「私を信じますか？」

「それはもちろん……」

志津は当然のことだという顔をして由布姫を見つめる。その瞳には、信頼の光が輝いている。

「ありがとう。ならば、少し私にまかせてほしい」

「なにをです？」

「市之丞さんとの祝言についてです」

「片づけなければいけないことがあるのですね」

「悪いようにはしません」

「私は姫さまのおつきになってから、すべて身をおまかせしています。いままでもそうやって生きて参りました。これからも、それは変わりありません」

「そうですか」

ふたりの心がひとつになる。

「それにしても、市之丞さんは思い切ったことをいいだしたものです。でも、志津」

由布姫の目がきらりと光った。

「なんでしょう」

「ここで話したことは内密です。市之丞さんは、そなたを驚かそうとしているのですから、知らぬことにしておくのですよ」

「はい」

志津にようやく、笑みが浮かんだ。

三

弥市は、広徳寺の門を越えて、一丁ほど行ったところで、右の路地に入り、足を止めた。

そのあたりは、間口が二間とか三間の小店《こだな》が並んでいる。

「あそこが金物屋です」

教えられて千太郎が目を向けると、富樫屋《とがしや》と書かれた看板が掲げられていた。

いま、千太郎は弥市に頼まれて、ある古物の目利きをするためにこんなところに来ていたのだった。

「香炉としか聞いていないが、どんなものだ、それは」

千太郎の問いにも、弥市は、はっきり答えられない。そこの親父がきちんと教えてくれない。目利きさんが来て、物を鑑定してもらうときに、詳しくわかるようにしたい、というからであった。

考えてみたら、妙な話である。だが、千太郎はふむ、と腕組みをしながら、

「どうせ、退屈な日が続いているのだ」

と、いうだけであった。
十八、九とおぼしき娘が店の前を掃いていた。
「あの娘が、千夏《ちなつ》です」

「夏に生まれたのかな？」

「さぁ、そこまでは」

「いや、そんなことはどうでもよいか」

「父親は、鉄次郎《てつじろう》という名で、母親は五年前に亡くなっています」

「鉄次郎で、金物屋とはいい具合だ」

「へぇ、まぁ、自分でもそんなことをいってますが」

「親分とは懇意なのか」

「だいぶ前になりますが、娘が乱暴な野郎につきまとわれて困っていたことがありましてね」

「それを助けたと？」

「そんなところです」

ふむ、と千太郎は頷いた。

店のなかには、岡っ引きを毛嫌いする者もいる。もめ事を丸く収めてやるといって、小遣い稼ぎをするような親分風を吹かす輩もいるからだ。だが、弥市はそんなことはしない。

こちらでお待ちください、といって弥市は、千夏の前に進み出た。千夏は、あら、という顔をして、弥市を迎えた。

ふたりが会話を交わしている間を使って、千太郎は、となりの小間物屋に入っていった。

「ちと、ものを尋ねる」

千夏と同い歳程度の女が店番をしていた。

「なんですか？」

いきなり飛び込んできた千太郎の姿にも、臆することはなかった。

「近頃、娘の間で流行《はや》っているものはなにか、それを教えてもらいたい」

「お客さんになってくれたらね」

にこりとしながらそう応じたら、頬にえくぼができた。

「今日ではないが、必ず買いに来る」

「皆さん調子いいんだよねぇ」

娘は、えくぼの顔に似合わず、けっこう厳しい。

「わっははは、それは困った」

「……お客さんは本気らしいね」

「本気も本気。こんな本気はないぞ」

「ふふ。面白いね、お侍さんは」

「それはよかった」

そういいながら、千太郎はかすかに前に進み、

「というわけで、教えてくれるかな?」

「わかりましたよ」

そういって、娘は、売り物を探していたが、

「流行りのものといってもねぇ。ここで売ってるのは、高価なものはないから、安物だし、本当に流行りものが欲しいなら、日本橋あたりに行ったほうがいいかもしれませんよ」

「では、この店で一番人気があるものを」

「それならこれだよ」

娘が勧めてくれたのは、簪《かんざし》だった。

「これは、うちのお父っつぁんが作ったんだ」

「ほう……」

千太郎が手にして、じっと見つめる。

「これは、なかなかいい手で作られている。富士の山裾に鶴がとまり、空には雁《かり》が飛んでいる。象眼《ぞうがん》の腕がなかなかだ」

「お客さん、目があるねぇ」

「一応、目利きが商売なのでな」

娘は、目を丸くして、それを早くいってくれないとだめじゃないか、とえくぼをまた作った。

「いや、仕事とこういうときでは、目が違う」

「だとしても、おかしなものを勧めなくてよかったよ」

「よし、これをもらうから、取っておいてくれぬか」

「もちろんだよ」

「では、頼んだぞ」

そっと頭を下げて、店の外に出ると弥市がきょろきょろしている。

「親分、こっちこっち！」

大きな声と手で、合図を送った。

「旦那……どこに行っていたんです。帰ってしまったのかと思いましたよ」

「よほど信用がないらしい」

半分笑いながら、千太郎が皮肉った。

「そういうわけじゃねぇですが」

「よいよい。で、鉄次郎とは会えるのか」

「首尾は上々でさぁ。外に出てきてくれるそうですぜ」

うに談じた。


「店はどうするのだ」

「千夏さんがいますからね」

ふむ、と頷いて千太郎は、腕を組むと、となりの小間物屋に行ってきた話を楽しそうに談じた。


「そんなところに行っていたんですかい」

「どうだ、親分も惚れた娘にひとつ。嫁がいたかな？」

「そんなことはどうでもいいです」

すたすたと、富樫屋のなかに入っていってしまったから、千太郎も慌てて追いかけるしかなかった。


外に出る支度をしていたところに、千太郎と弥市が来たから鉄次郎は慌てて、

「すみません、いますぐ行きますから」

千夏がすまなそうに謝った。

「ゆっくりでよいぞ」

千太郎が応じると、千夏はありがとうございます、と頭を下げる。その仕草がまた、初々《ういうい》しい。

「どうだ、親分」

弥市は、怪訝な顔をして、

「なにがです？」

「千夏さんなど、嫁にしたら」

「ですから、そんな話はやめてください」

自分の名が聞こえたのか、千夏がそばに寄ってきた。

「お呼びになりましたか？」

「いや、呼んじゃいねぇから、気にするな」

慌てて、弥市が追い払った。

「旦那、余計なことはなしですぜ」

「そうか？　余計なことかなぁ？」

「あっしにとっては、余計なことです」

千太郎がにやにやし続けていると、お待たせいたしました、と鉄次郎がやってきた。

「僭越《せんえつ》ですが、私が懇意にしている料理屋さんがあるので、そこで、いかがですか」

「あぁ、かまわねぇ」

横柄《おうへい》に弥市が答えると、千太郎も頷いた。

通りに出ると、千夏が行ってらっしゃいませ、と声をかけた。

その愛らしさに、千太郎は弥市を意味ありげな顔で見つめるが、

「やめてくださいよ」

と先に歩きだしてしまった。

わっははと大声で笑う千太郎の声は、周囲を驚かせる。

本人はいたってのんびりしている。

鉄次郎が、そんな千太郎を見て、弥市に声をかける。

「親分……」

「わかってる。なんにもいうな」

「……ですが、あのかたはどのようなおかたなのです？」

「なんといったらいいのか、俺もよくわからねぇのだ」

困った顔をする弥市に、鉄次郎は怪訝な目を向けながら、

「そうはいいましても、親分さんが連れてきたのではありませんか」

「ひとくちにいえば、変人だ」

「はぁ……」

「だけど、探索と剣術の腕はそのへんの誰にも負けねぇ」

「なるほど」

「だから、ときどきこうやって、一緒に歩いてもらっているのだ」

「へぇ……」

「俺が探索する事件の……そうだなぁ……」

弥市は、いい言葉を探した。

「補佐役とでも思ってもらおうかい」

「補佐役……ですか」

「後見人でもいい」

「後見人？」

鉄次郎は、どんどんわからなくなったという顔をする。

「あぁ、一番大事なのは、上野山下の片岡屋というところで、目利きをやっている。この腕も間違いねぇ」

「私にとっては、それは一番大事なことです」

「そうだな」

弥市は、頷きながら、後ろを振り返った。

「旦那！」

のんびり歩く千太郎に、活を入れようとしたのだった。

「早く歩いてくださいよ！」

すると、手をひらひら動かしながら、

「なに、香炉は逃げはせぬ」

「それはそうですが……」

千太郎のところまで戻って、

「鉄次郎が心配していますからね。少しはどっしりした格好つけてくださいよ」

「わかっておる」

本当にわかっているのかどうか怪しいものだ、と弥市は呟いた。

「おや、それは困ったなぁ」

「なにがです」

「信用してもらわねば、話はすすまぬぞ」

「ですから、もっとぴしっとしてください、と……」

「これ以上、ぴしりとはできぬ。性分だ」

埒が明かないと思ったか、弥市は、まぁ、迷わねぇ程度にどうぞ、といって鉄次郎のとなりに進んだ。

鉄次郎は、掌《てのひら》より少し大きいくらいの四角い風呂敷包みを抱えている。

「それが例の香炉かい」

「はい、そうでございます」

「そんなに高価なものなのか？」

「それがわかれば、親分に目利きさんのご紹介を頼んでいません」

それはそうだ、と弥市は苦笑した。

四

左右に竹が植えられているしゃれた門を入っていくと、数個の踏み石があった。その先に、入り口があり、萩屋《はぎや》と書かれた看板がかかっていた。

鉄次郎が先に行って訪《おとな》いを乞《こ》うと、なかから、三十過ぎくらいの女が出てきた。

「おかみの、久美《くみ》でございます」

黒紋付きの羽織を着こなして、なかなかあかぬけている。

「ほう……いい女だ」

不躾な千太郎の言葉にも、お久美はにこりと笑みを見せて、

「それはありがとうございます」

ていねいにお辞儀をすると、

「さぁさぁ、なかにお入りください」

と三人を案内した。後ろに若い女中がいて、草履を脱ぐのを手伝い、下足《げそく》をそろえている。

千太郎は大喜びだ。

「いやぁ、皆さん、やさしいのぉ」

「お仕事ですから」

若いほっぺたのふっくらした女中は、元気な声で答えた。

「受け答えもはきはきしていてなかなかである」

お久美が、となりでうれしそうだ。

「お褒めいただき、ありがとうございます」

「なに、本当のことだからな」

鉄次郎は自分が連れてきた店が褒められているからだろう、にこにこしている。

廊下もよく磨き抜かれて、黒光りしていた。さらに、すべすべしているので、足袋《たび》をはいていた弥市は、おっかなびっくりである。

「滑って転んだら、しゃれにならねぇ」

「親分、転んだときには、周りを見るのだぞ」

「へ？　なぜです？」

「転んでただで起きたら、もったいない」

「……よくわかりませんが、転んでもただで起きねぇ、とかそんなことをいいたいんでしょうか」

「ま、そんなところだ」

ふたりのやり取りを聞いていた、お久美は、口元に手を当てて、

「おふたりは仲がおよろしいのですねぇ」

含み笑いをする。

「そうか、親分、私たちは仲が良かったかな」

「さぁねぇ。おかみ、そんなことより、早く座敷に連れて行ってくれ」

はいはい、と答えてお久美はとうとう声に出して、笑った。

「すみません、お客さんを笑うなど……」

「よいよい、笑う門《かど》には福来《きた》るである」

千太郎のしれっとした顔に、また腹を抱えるお久美である。

どうぞお二階へ、というお久美の言葉で、三人は階段を上がった。廊下の窓からは外を見ることができた。

秋の色が散らばっている。

「いやぁ、こういう場所から見ると、また格別ですねぇ」

鉄次郎がいった。

お久美はまた、にこりとしながら、こちらのお部屋でございます、といって足を止めた。

部屋の前に、萩、と書かれてある。

「ほう、萩の間か。秋らしくてよろしいですなぁ」

鉄次郎の言葉に、弥市も頷く。

「さぁさぁ、どうぞ、奥へ」

座敷は、六畳だった。

「ほう、これは卓袱《しっぽく》料理ではないか」

部屋の中心に卓が置かれている。その上に、大皿料理と小皿が並んでいた。

卓袱料理は、唐《から》料理とも呼ばれ、中国から伝わってきた料理で、長崎で始まった。

卓袱とは、卓にかける布の意味である。

そこから卓袱台《ちゃぶだい》の上に料理を載せて食べる方法を、卓袱料理と呼ぶようになっていた。

江戸の料理屋は、ひとりひとりに膳部を出して料理を食べる。

だが、この卓袱料理は、卓袱台に並んだ大皿料理を、小皿に分けて食べるというので、文化文政の頃に人気が出始めていたのである。

「これは珍しい」

「はい、鉄次郎さんに教えてもらって、うちでも始めたところでした」

「それは、うれしい話ではないか」

にこにこと千太郎は、さっさと卓袱台の上座《かみざ》に座った。

その体の動きはすっかり、その場の唐風の作りに溶け込んでいる。それを見て、お久美は、おほほと笑いながら、

「お侍さまは、不思議なかたですねぇ」

「ふむ、たまにそういわれることがある」

「あら、そうでございましたか。お店に来るお侍さまたちとは、少し、違う様子が見られますが……」

じっと、千太郎を見た。

「私、顔相を見るのですが……」

うん？　ととぼけた顔で、千太郎はお久美を見つめる。

「なにか、いい相が出ておるかな？」

「はい、なにか高貴なお顔と出ております」

「それは、それは」

表情を変えずに答えた。

「その額から、印堂《いんどう》にかけての艶やかなおかたは、必ず出世いたします。お侍さまは、じつに、大名《だいみよう》の相」

わっははは、と千太郎は大笑いをした。

「いやいや、じつは己のことが何者か忘れてしまっているのでな。本当は大名だったとしたら、これは楽しいぞ」

わざと、大口を開いて笑った。

まさか、こんなところで大名といわれるとは思ってもいなかった。ここでうろたえたら、かえってまずい。

「さぁさぁ、料理を運んでもらおうか」

千太郎は、話を変えた。

さしみ、卵焼き、煮しめ、その他いろんな料理が大皿で出され、それをおのおの小皿に取り分ける。

最初は、なかなか慣れずにいた三人も、あっという間に料理を取り分ける手際もよくなった。

取り立てて、弥市が一番取っている。

普段の千太郎なら、なにか揶揄の言葉もいうのだろうが、今日ばかりは自分も食べるほうに忙しい。

ひとしきり食べ終わってから、

「親分、そろそろ本題に入ったほうがよくはないか」

箸を置いて、千太郎が声をかけた。

「しまった……我を忘れていやした」

照れながら、弥市も最後の豆腐料理を口に入れて、

「では、料理は下げてもらおう」

と鉄次郎の顔を見た。

わかりました、と鉄次郎はぽんぽんと二度、手を叩いた。廊下で待機していたのだ

ろう、すぐ襖が開いて、女中が入ってきた。

皿がすっかり片づけられたところで、鉄次郎は、おもむろに隅に置いていた、四角くなっている風呂敷を手元に寄せた。

「これでございます」

桐の箱から、小さな香炉が出てきた。

「ほう……なるほど」

千太郎が、興味ありそうな目をした。

「これでございますが、いかがでしょう」

鉄次郎が、畳の上に置いて、千太郎に押し出した。

「確かに、わけありのような香炉だ」

長い猫足のような台がついていて、蓋がされてある。千太郎はその蓋を取って、

「香炉とひとくちにいってもだな……」

蘊蓄《うんちく》を垂れそうになるのを、

「旦那、あのぉ、なるべく短めに」

と弥市が、長くなりそうな顔をして止めた。

「うん？　そうか、聞いてもしょうがないというのだな。では、はっきりいおう、こ

れはな」

　そこで、溜めを作ると、

「偽物だ」

　とあっさり決めつけたから、鉄次郎は納得がいかない。

「千太郎さま……そんなに簡単に」

「この香炉の形は、唐国で作られたものを真似しているのだが……となりの国に春《しゅん》秋《じゅう》時代と呼ばれる頃があったのを知っているかな？」

「春と秋しかねぇんですかい」

「そうではない、とにかくそんな時代があったとだけ、知ればよい」

　へぇ、と弥市は面目なさそうに、肩を落とした。

「その頃、周《しゅう》という国が治めていたのだが、その周の国に仁吾菜《じんごさい》という陶工がいてな。彼《か》の者が作ったのが、これだ」

「へぇ？」

「これがねぇ。そんなに古いものなんですかい？」

「だから、贋物だ」

「なんだ」

「その仁吾菜が作った香炉を、仁吾と呼んでいる。それにそっくりだ」

「ははぁ……」

「だが、どう見ても、これは我が国のどこかで作られたように見える」

「ですが……」

鉄次郎が、不服そうに口を挟む。

「持ってきたその住職によりますと、そのなんとかという名のある香炉は、どこをどう流れてきたのかわかりませんが、我が国に入っている、という噂がある、とこう申していましたが」

「おそらく、これであろう」

「はぁ、しかし、贋物だと？」

鉄次郎は、引かない。

「本物なら、おそらく何千両という価値がある。しかし、これは青磁《せいじ》ではあるが、伊《い》万里《まり》だろう」

あっさり否定されて、鉄次郎は肩の力が落ちた。

「仁吾という香炉は、寺で使われたという噂があった。だから、その住職は、自分の家にあったものだから、価値があるとでもいいたかったのではないのか？」

それを聞いて、弥市がふんと鼻を鳴らした。

「なんでぇ、その寺の坊主が一儲けしようとしたんじゃねぇですかい？　そういえば、近頃、名のある焼き物なんぞの贋物が出回っているという噂を聞いたことがありますぜ」

「ほう、そうであったか」

千太郎は、香炉よりその話のほうに興味がありそうだ。

そこに、お久美があいすみませんが、といって、襖を開いた。

「どうしたね？」

鉄次郎が問うと、お久美はまったく不思議そうな目で、千太郎を見つめる。

「おやぁ？　いかがしたのだ」

「はい……」

お久美はなかなか切り出さずにいたが、

「じつは……いま、下にお客が来てまして」

「それが？」

「そのかたが、自分は山下の片岡屋という店で目利きをしている千太郎である、と申しているのです」

一瞬、その場が冷えた。

それを破ったのは、弥市だった。

「なんだって！　誰だそんなでたらめをいうのは！」

五

千太郎は、にやにやしている。

「旦那、そんないい加減なことをいう野郎は、ここでのしてやりましょう」

「待て、待て。私を騙《かた》るとはこれいかに、であるが……なにが目的なのか、ここで見届けようではないか」

「しかし」

「親分、こういうことがあるから、世のなかは面白い。もっと、楽しまねばならんぞ。どうだ、千夏さんは」

「ち……またそれですかい」

娘の名が出て、鉄次郎は怪訝な目を弥市に向ける。

「親分さん、娘がなにか」

「いや、そうじゃねぇ、心配するな」

「といわれましても」

「どうでもいい話だから、気にするな」

そこに、お久美が声を出した。

「あのぉ……その片岡屋の千太郎さんというおかたをいかがいたしましょうか」

「よし、ここに呼べ」

千太郎の決定に、否《いな》やをいえる者はいない。

お久美は、よろしいんですね、といって立ち上がった。

「よいか、私が片岡屋の千太郎だというでないぞ。そうだな。泉野太郎《せんのたろう》ということにしよう」

「妙な名前ですが、まぁいいでしょう」

弥市も加担することになった。

お久美は、はいといってその場から離れた。

どんな男がやってくるのか、と千太郎だけではなく、弥市にしても、鉄次郎にしても、目が輝いている。

弥市は、おかしな野郎が来たら、だまっちゃいねぇぞ、という顔つきである。千太郎は、にやにやしながら、首などをかいている。

そこに、お久美の声が聞こえた。

「お邪魔します」

お久美の声は震えている。

「来ました……」

弥市が呟いたと同時に、襖が開いた。お久美の後ろで隠れるようにして、男が立っていた。

髭をそった跡が青々としているのが最初に目に入った。千太郎は、ほうと男の顔を見ると、自分と比較するように、顔をつるりと撫でた。

男は、部屋に入ると、きちんと膝をそろえて座り、

「山下の片岡屋の居候、千太郎でござる」

と頭を下げた。

本物と違うのは、顔を除けば、薄茶の羽織を着ているところだろうか。いや、よく見たら刀の鞘も真っ黒。

本物は、朱鞘である。

「おう、よく来た。ちこう、ちこう」

本物の千太郎が、笑いながら手招きする。贋千太郎は、は……と答えて少し前ににじり寄った。

贋千太郎は、怪訝な目つきで本物の千太郎を見つめる。お互い相手を凝視しあっているのは、どこか意識しているからだろうか。

さきに目をはずしたのは、本物の千太郎だった。

「おぬし……そうとうやるな」

その言葉に贋者は頰をゆがませた。怒ったのではない、笑ったらしい。

弥市はそんな贋者に警戒の視線を送っている。

「そちらは、どうやら十手持ちのようだ」

「それは、ご明察」

「目つきが悪い男は、だいたい盗人か町方と決まっておるからな」

ふふふ、とくぐもった笑いを見せる。弥市は、白けた顔をするしかない。心のなかは、煮えたぎっていそうなほど、真っ赤な顔になっていた。

「いや、失礼いたした。悪気でいうたわけではないのだ」

しれっとしてそんな台詞を吐くところを見ると、そうとうな度胸《どきょう》を持っているのだろう。

もっとも、そうでなければ、他人に化けることなどしない。

「ところで……」

本物が訊いた。

「あいや……私がこのような場所に闖入《ちんにゅう》いたした理由ですかな」

「そうだ」

「じつは、こちらの鉄次郎さんに、お会いしたいと思いまして」

「ほう。その理由は？」

贋者は、にやりと笑って、こんな物があるのだが知ってるか、と語り始めた。

「昔、唐国がまだ、周と呼ばれていた頃のことですが……」

その言葉に、聞いていた全員が、目を合わせた。どこかで聞いたことがある、という目つきだ。

本物の千太郎は、にやりとする。

「それがどうかしたのかな？」

「そこに、仁吾菜という陶工がいまして、その男が心血を注いで作った香炉があるのです」

「へぇ」

声を出したのは、鉄次郎だった。そんな話は聞いたことがない、と呟いた。弥市は、ただ驚いているだけだ。

　贋者の顔はまさに、真実を語っているとしか思えない。知らぬ者が聞いたら、感心するのではないか。

「その香炉がいまここにあるのです。鉄次郎さんは、名のある古物を集めているとお聞きしまして、それで店を訪ねてみたところ……」

「この店にいると知ったというのだな」

　本物が、首をかきながら訊いた。

「わたしは目利きですので、それが本物だということは保証します。近頃では、似たような話があって、騙されている人もいるとのことなので、なかなか信用はされないと思いますが……」

　言葉を切った贋者は、頰を動かした。

　その顔は、どこか卑しく見えた。

　弥市は、思わず本物の千太郎に視線を送った。こんな野郎のいうことをだまって聞いているのかといいたそうだった。

　千太郎は、まぁ聞こうと目で合図を送る。

弥市は、しかたなく小さく頷いた。

贋者は、そんなふたりのやりとりを見ているはずだが、気がつかないふりをしている。

千太郎は、じっと贋者を睨みつけた。

「で、なにが目的なのだ」

だが、贋者は逆に問う。

「その前に、おぬしはどこぞに仕官しているのか？　どうもただの浪人には見えぬのだが」

「わっはっは、まぁ、仕官しているといえばしているし、していないといえばしておらぬ、とでもいうておくか」

千太郎のとぼけた態度に、贋者はふんと鼻を鳴らして、

「なにやら、わけありふうの顔をしておるのぉ」

「似たもの同士ということかな」

「なに？」

贋者の顔が歪んだ。

「なにがいいたい」

「いや、別にこれといって、いいたいことがあるわけではないがな」

皮肉な笑いかたをする千太郎に、贋者は、ちっと舌打ちをした。

「おぬしと話をしていると、なにか調子を狂わされてしまいそうだ。だから、ここまでにしておく」

そういって、鉄次郎に体を向けた。

「どうです、鉄次郎さん、香炉の話は？」

声をかけられた鉄次郎は、困った表情を作る。

「これだけの名香炉はおいそれとは出てこないと思いますが？　この機会は逃さないほうがいいんではありませんかねぇ」

贋物とわかっている古物を買うとはいえないのだろう、なかなか、言葉が出ないらしい。

「私が買おう」

叫んだのは、千太郎だった。

その宣言に全員が、のけぞりそうになる。

特に弥市は、なにをいいだすのかと千太郎を射るように見た。

へらへらと手を前で振りながら、千太郎は、

「ふたつとない名物なら、手に入れておいて損はあるまい」

千太郎は贋千太郎に同意を求めた。

しかし贋者は目の前にいる侍が、なにを目的に香炉を買うといいだしたのか、その真意を測りかねているようで、返事がない。

「どうしたな？　千太郎さん」

本物が問い質した。

「あ……いや、それはどうだろう」

「どうだろうとは？」

「このようなものは、好きな人に買ってもらいたいと思うのが人情。私もやっと見つけたのだからなぁ」

本物と贋者の視線が絡みつき火花が散った。

「やはり、おぬしはただものではなさそうだが？」

贋者がいって、眉をひそめる。千太郎は、にやりともせずに、

「そうであるか」

いつもの横柄な態度を改めることはない。

鉄次郎は、自分を挟んで本物と贋者が対決している姿に、どう対処したらいいのか、

わからずにいる。

弥市は、楽しんでいるようなところもあったが、いきなり、千太郎が香炉を自分が購入する、といったことに不信感を抱いているようだった。

六

千太郎は、弥市の視線を感じているが、それ以上に、自分の贋者の目が気になっている。

それほど、奴の目には威力があった。それも、普通の力ではない。邪悪さを含んでいるものだった。

その不思議な力を正面から受け止めてしまっては、負けてしまう。そこで、千太郎は、わざと突拍子もないことをいって、相手を煙に巻く策を取り始めたのだ。

贋者は千太郎の誘いに、はまり始めている。

「……本当に買うというのか？」

唇をちろりと舐めながら、贋者が訊いた。

興奮すると出る癖らしい。

「もちろんだ。なにか不都合でも？」

千太郎が問うと、いや、と首を振りながら、

「しかし、おぬし……」

「なんだな？」

「金は……まぁ、着ているものを見ると、ありそうだが」

「いくらなら売るというのだ」

贋物は、かすかに首を傾げて、

「二十両なら売ってもいいと思っているが」

「ほう、二十両」

千太郎は、ふふふと含み笑いをする。

「なんだ、その笑いは？」

目を細めて、唇を舐める贋者に、千太郎は、追い討ちをかけた。

「さっき、聞いた話が真《まこと》なら、そんな安値で売るわけがないと思うがな？」

「………」

「いったい、そのこの世にふたつとない程の香炉をどうやって仕入れたか、それを聞かせてもらわねばいかぬ」

「ぬう……」

　呼吸を苦しそうに始めた贋者に、千太郎は続ける。

「そもそも、どうしてそんなはるか遠くの国で作られた香炉が、このように伊万里、あるいは、九谷でもよいし、常滑《とこなめ》でもよいぞ、それに似たところが見られるのはなぜだな？」

「なにをいっておるのだ」

　千太郎に追いつめられて、強がっているのがはっきりわかる。

「ほらほら、鼻の頭に汗をかいている」

「だからなんだ」

「嘘がばれそうになったときに出す汗なのだ」

「ばかな」

「おや、とうとう化けの皮が剝がれたかな」

「なに？」

　贋千太郎は本物の千太郎を凝視した。

「ほらほら、どんどん私の引っかけにはまり込んでいく。もう、本当の正体を現したほうがいいのではないのか？」

贋者は、立ち上がる機会を計っているように見えた。

目の前で背中を伸ばして座っている千太郎が、本来の形《なり》より大きく見えて、体を動かすことができずにいるに違いない。

「……おぬし、ほんとに何者」

贋者が呟いた。

「ふむ、そろそろ正体を現したほうがいいらしい」

千太郎がさらに伸びた。もちろん本当に伸びるわけがない。ちょっと、膝を閉めたのだ。

相手が弱っているときには、わずかそれだけでも、かなりの衝撃を与えることができる。

千太郎は、それをいままでの戦いで学んだ。素直な者は経験を活《い》かすが、心がひねくれていたり、我《が》が強いだけの者は、経験が無駄になる。

贋千太郎もそちらの仲間だろうが、自分より強そうな人間かどうかを見る目だけはあるらしい。

「どうも、おぬしは摑めぬな」

顔をしかめながら、贋者がいった。

「ほう。なにがかな？」

千太郎は、あくまでもとぼけ続ける。

「そのなにを考えているのか、わからぬ頭のなかだ」

「なにも考えていないからであろう」

「ち……」

不愉快な表情が偽者の面体《めんてい》全体に拡がる。

弥市と鉄次郎のふたりは、完全に蚊帳の外に置かれてしまっているが、そのなかに入ることはできない。

もっとも、入ろうとしても無駄だろう。ふたりとは迫力が雲泥の差だ。

ただの騙し合いではない。

火花を散らし合っているのは、本物と贋者だ。

「さて……」

千太郎が、懐に手を入れた。

「な、なにを取り出す気だ！」

贋千太郎が、怯んだ。

「なにを怖がっておる。まさか、鉄砲などは出さぬから安心しろ。もっとも、手妻のように鳩を出すこともない」

「なにをばかなことを」

贋者は、唇を歪ませた。

「どうだ、これで」

千太郎が取り出したのは、二十五両の包みである。

それを見た贋者が、はてな、という顔つきをする。

「どうして、そんな大金を持っているのだ」

「それは、こっちの都合だから気にするな」

鉄次郎がにじり寄って、

「それは、私が持ち込んだものを鑑定して、よければ買っていただこうと思っていたからです」

「その資金だというのか」

「そういうことです」

その言葉に贋千太郎も、そうかと呟いたが、はっとなにかに気がついたらしい。

「ちょっと、待て」

「はて、なんです？」

鉄次郎が応対する。

「その持ち込んだものとはどんなものだ」

「そんなことを他人様《ひとさま》に教えるわけには、いきません」

「いや、私は片岡屋の目利き、千太郎だ。どの程度の品物なのか鑑定をしてやろうというのだ」

困った鉄次郎は、千太郎に助けを求める視線を送った。

その目を千太郎は受け止めて、

「おい、いい加減にしろよ」

突然、べらんめぇ調の言葉を出した。

「な、なんだと？」

「てめぇ、どこの誰だい」

これではまるで弥市である。

「な、な……」

「ほら、答えることができねぇだろう」

「なにをいっている、私は山下にある……」

「だから、それは嘘だっていっているんだぜ」

「なにを証拠に」

「証拠を出せなどと、そのような言葉を出すこと自体が、証拠だ」

「なにをいってるのか、さっぱりわからぬ」

贋者は、困惑の表情で、千太郎を見つめている。その顔は素《す》が現れているようだった。

「いいか、耳の穴をかっぽじってよく聞けよ」

「…………」

「おめぇが、片岡屋の目利きだなんてぇのは、真っ赤な嘘だ」

「ふん」

「おれは、前にその男に会ったことがあるから、よく知ってるんだ」

「嘘をつけ」

「なにが嘘なものか。いいか、もっと驚くことがある」

「もう、これ以上、驚くことなどあるまい」

「それが素人《しろうと》ってものだ」

いまの千太郎は、弥市が乗り移ったようである。

「そんなことより、お前は誰なのだ」

どうしても、贋千太郎は気になるらしい。

「ふん、驚くなよ」

「だから、驚きはせぬから、なんでもいうてみろ」

「その、千太郎ってのはな……」

そこで、間《ま》をあけた。

贋千太郎が、ごくりを喉を鳴らした。

「この世には、実在していねぇんだよ！」

その場が、一瞬なんともいえぬ雰囲気に包まれた。特に、弥市と鉄次郎の目はこれ以上見開くことができぬという程、丸くなっていた。

贋千太郎は、なにをいいだすのか、という顔である。

「ふん、ばかなことをいうんじゃねぇ。俺は以前……そいつ……」

贋千太郎が、急激に口を閉じた。

「おい、いまなにをいおうとしたんだい。そいつ……それからなんだ。なにをいおうとした？　顔を見たことがあるといいたかったのか、それとも、店に出ているのを見たことがあるというのか、あるいは、どこぞですれ違ったとでもいうのかい！」

いままで、聞いたことがないほどの大音量で、千太郎が叫んだ。

贋千太郎の額には、大粒の汗が流れ始めている。

七

贋の千太郎をこの部屋に連れてきたお久美は、最初こそ興味津々《しんしん》という顔つきでいたが、いまは真っ青である。

千太郎は、そんな部屋のおかしな雰囲気を感じながら、

「やい、贋者！　わかったか！　千太郎という男は、いねぇんだよ！」

贋者は、じっと千太郎を見つめていたが、

「がっはははは。よくもそんなでたらめを考え出したものだぜ……いいことを教えてやろうか」

「聞きたいものだ」

「本物が誰か、俺は知っているんだ」

「おやぁ？　まさか自分だなどというつもりはねぇだろうなぁ」

「ふん、この期《ご》に及んでそんなくだらねぇことはいわねぇ。もっと大事な話だ。聞いて驚くな」

「私はたいていのことでは、驚かぬ」

今度は、武家言葉に戻った。

「……ふん。呆れたものだな」

「いいから、本物が誰か教えてもらおうか」

千太郎は、さも楽しみだという目つきで贋者に目を飛ばす。

「わざわざ、聞く必要もあるまい」

「なに？」

「あんたが、その千太郎さ」

また、その場の雰囲気ががらりと変化した。まるで、春だったのに急激に夏が来て、今度は、一気に冬が来たようだ。

贋者の言葉は、確かに千太郎だけではなく、弥市と鉄次郎の顔をこの世のものとはいえぬほど、歪ませている。

「どうだ、驚いたかい」

「………………」

さすがの千太郎も、言葉を失ったのか無言である。

「千太郎さん、あんた、たいていのことでは驚かないってさっき豪語してませんでしたかい？」

「いや、さすがに驚いた」

しかし、千太郎の正体を知っていて近づいてきたこの男は何者？

不審な気持ちが表に出た。

贋千太郎は、それに気がついたらしい。

「ふふふ。困ってるね」

「あんたは誰だ」

「……俺か、俺はな、誰でもない」

「ぐぐ」

千太郎がよく使う台詞である。

「俺に変わってしまったか。まぁ、最初からあまりいい暮らしぶりはしておらぬだろうとは感じていたがな」

名前こそばらさぬが、贋者だとばらしてからの贋千太郎の顔はいままでとはがらりと変わり、まさに悪党の顔つきだ。

目が三角に吊り上がり、頬は下品に歪む。唇がときおり斜めに歪んで、まさに正業に就いている者の顔ではない。

その顔を見ていた弥市が、急に、

「てめぇ！　思い出したぜ！」

叫んだ。

「てめぇ、詐欺《さぎ》ばかり働いている、底なしの沼太郎《ぬまたろう》だな？」

名指しされて、さっきまで贋千太郎だった男は、

「がははは。さすが山之宿《やまのしゅく》の弥市親分。よく覚えていてくれたぜ」

「覚えていたもなにも、俺はてめぇを以前、捕り逃がしたことがあるのだ！」

「そうそう。そうだったなぁ」

それは、いまからもう五年以上にもなる話だ。底なしのふたつ名があるほど、この沼太郎という男は、詐欺を働くと、騙した人を何度も何度も手を変え、品を替えて標的にする。

狙われた家族などは、尻の穴の毛まで抜かれてしまう、といわれている男だった。

「だが、その底なしの沼ちゃんが、どうして私の名前など騙ったのだ。しかも、わざわざ本人がいるところに現れるとは、解《げ》せぬ」

千太郎が、首を傾げた。

「じゃぁ、弥市親分が思い出してくれるまで、待っているんだな……おっと、そんな

暇はねぇんだった」

そういうと、だだだっと廊下に向かって、そこにいたお久美をがっしと摑んだ。

「さぁ、立て！」

お久美は恐怖の目で沼太郎を見つめてから、しぶしぶ立ち上がった。

「じゃ、親分、千太郎さん。これで逃げることにするぜ。まだまだ本当にやりてぇことは残ってしまったが、まぁいいや、改めてまた来るさ」

「なんだ、そのやり残したというのは」

「決まってるじゃねぇかい。千太郎さん、あんたを殺すことさ」

「なんだって？　私を殺す？　その理由はなんだ」

「だから、それを弥市親分から聞いてくだせぇよ。そこまですべて謎解きをしたら、ちっとも筋立ては面白くねぇでしょう」

弥市は、じっと沼太郎を見つめているが、

「そんな理由など、思い出せねぇ」

「ほらほら、そんなことだから、あっしを逃がしてしまうんですぜ」

沼太郎は、お久美の腰をがっちり抱いたまま、じりじりと廊下を階段に向かって行く。それを弥市は、

「待ちやがれ！」

飛びかかろうとしたが、沼太郎がいなした。

「おっと、近づいたらこのおかみさんの首から赤い血が噴き出すことになりますぜ」

腰から脇差を抜いて沼太郎は、お久美の首にぴたりと当てた。これでは、弥市も千太郎も動けない。

沼太郎は、お久美を追い立てて階段を降りていく。

じっと見ている弥市は、十手を取り出して、いらいらと振り回した。

「親分。あの者を知っていたのか」

「忘れていましたよ。あんな武家言葉を使っていたし、千太郎さんに化けるという手を使われて騙されました」

「どうして私を狙っているかわからぬか」

「それが、皆目……すんません。後で捕物帳を探ってみます」

「よし、まずはお久美さんを助けねば」

「へぇ」

沼太郎を追いかけようと、動きだしたそのとき、一階から悲鳴が聞こえた。

「お久美さんだ！」

千太郎が駆けだし、弥市が続く。

ふたりは階段を二段、四段と飛ばして降りた。

すると、沼太郎が客のひとりと対峙していた。

「てめえ、どけ！」

「そうはいかぬ」

その客は、藍色の薄い黄色の七宝紋の着物に、縹《はなだ》色の羽織。どちらも木綿ではない。立派ななりをしている侍だった。どこかの家中に仕官をしている雰囲気ではないが、尾羽《おは》打ち枯らした浪人ではなさそうだった。

剣術の腕にも、自信があるのだろう、

「そこに直れ」

「お侍さん。そんな格好のいいところを女に見せようとしねぇほうがいいですぜ……」

「なにをいうか」

浪人は、言葉では怒っているが、顔は冷静である。

ほかに客は、数人しかおらず、ひとりは行商人ふうの男。もうひとりは、やはりお店者《たなもの》だろう、恰幅のいい男だった。

あとは、どこぞ地方から来たとおぼしき、若い浅黄裏《あさぎうら》が三人いた。そ奴らは武士というのに、へっぴり腰で、どうやったらその場から逃げることができるのか、という顔つきである。

それに比べると、おそらくは千太郎とそれほど変わりはないか、少し上の年齢と思える浪人は立派だった。

「皆さん……」

震えている客たちに、冷静に話しかけた。

「早く、ここから逃げなさい」

皆は、足がすくんでいるのか、動けそうにない。

「さぁ、ここは私にまかせて！」

と、お店者がそろそろと、足を動かした、そのときだった、

「それ！」

若侍たちが、一斉に駆けだしたのだ。

「なに？」

見ていた弥市が、十手を掲げて、

「なんだ野郎たちは、侍じゃねぇのかい」

千太郎が、その言葉は聞かずに、お久美を抱きかかえている沼太郎のそばに向かった。

「おっと、やめたほうがいいぜ」

そういった瞬間、沼太郎はお久美の首にあてた刀をはずし、

「それ、行け！」

お久美を放して、みんなのほうに押し出した。

「あばよ」

そのまま、客たちの動きに紛《まぎ》れて逃げようとしたのだろう、沼太郎は、逃げる連中の後ろを走りだしたのだ。

「そうはさせねぇ！」

弥市が追いかける。

千太郎も追いかける。

さらに、浪人も追いかける。

三人が沼太郎に飛びかかろうとした、そのとき、

「あ！　危ない！」

客のひとりが、転んだ。

「親分、助けろ」

千太郎が叫んだが、それより早く、浪人が駆け寄って、

「しっかりしろ、どうしたのだ！」

そういって、沼太郎に目をやった。

「なにかしたのか！」

沼太郎は、なんにもしてねぇよ、という顔で、浪人を無視して、千太郎と弥市に視線を送った。

「へ……これで、逃げるからな。途中でよけいな野郎が邪魔に入り込んできたけどなぁ。弥市親分、俺がここで逃げたら、二度目だな」

あばよ、と踵《きびす》を返そうとしたとき、

「あぁ！」

大きく叫んで、沼太郎がその場に倒れた。

千太郎が、小柄を足首めがけて投げつけたのだ。それがあざやかに、踝《くるぶし》に当たったのだった。

「これが運の尽きだな」

弥市が素早く、そばに行って十手を沼太郎の肩に強く叩きつけた。ごきり、と骨の

砕けた音がした。

沼太郎は、ううう、と唸りながら昏倒した。

じっと見ていた千太郎が、弥市のそばに行って、

「親分、お見事だった」

「へぇ、これでいろんな謎が解けることでしょう。旦那が狙われた理由もわかりますぜ」

「本人が白状したときだけだがな」

「なに、三四《さんし》の番屋の厳しさに耐える悪党は、ひとりもいませんでしょう。なにも答えねぇといつの間にか、そこから消えています……」

「ふむ」

千太郎は、苦笑しながらも、

「これで、取りあえずは贋香炉問題も解決したことになるな。さっきの演説を聞いていたところによると、沼太郎が、贋香炉も作ったのであろう」

「そう考えるのが、一番、しっくりきましょう」

ふたりは、満足の顔をした。

ところが――。

「親分！」

声が聞えたほうを向くと、さっきの浪人が、手招きしている。

「なんだい！」

弥市が叫んだ。

浪人は、しばらくじっとしていたのだが、倒れたお店者を抱き起こすこともせずに、その男の顔を指さした。

「なんです！」

「死んでます！」

「なに？」

「殺しでしょう！」

「なんだって？」

「腹に、斬られた傷があります。さっきの者がやったようだ」

「ううむ……」

だが、千太郎はそれを否定した。

「親分、それはおかしい」

「へ……なぜです？　さっき、沼太郎の野郎は、客たちと一緒に走り去ろうとしていました。そのとき、邪魔だと斬ったんじゃありませんかい？」

「いや、それはあるまい。沼太郎はまだ刀は抜いていなかった」

「あぁ……」

そういえば、と弥市も不思議な顔をする。

「わかった、あのばかな若い浅黄裏たちが逃げ出しながら、邪魔だと思って斬ったんじゃありませんかい？」

「さぁ……」

「ちきしょーめ、やっとひと事件解決したと思ったら、また面倒な事件が起きやがった……」

弥市は、ふてくされ、千太郎は懐手をしながら、浪人のそばに行き、顔が白くなりかかっている、お店者をじっと見つめていた。

秋の風が、千太郎と弥市にはやけに冷たく感じられるのだった。

第四話　初冬の虫聞き

一

市之丞は、迷っていた。

その揺れる思いは、初冬の寒さに震える木々のごとく、あるいは、水鳥に押しつぶされる水草のごとく、弱々しい。

どうやって志津に自分の思いを告げたらいいのか、というだけなのだが、そのひとことが、なかなかいえない。

思いを告げるのは簡単だろう。

いままでも、同じような言葉は吐き出してきたからだ。だが、今度はそうそう簡単ではない。

なにしろ、祝言の申し出をするのだ。
ところが、そこにいたるまで、乗り越なければいけない壁がいくつもあるのだった。
そのひとつが、千太郎……。
千太郎は、田安家にまつわる姫との祝言を控えている。しかし、それを放り出して
江戸の町で暮らしている。
主人がのんびりしているところ、先に祝言していいのだろうか?
父親の源兵衛は、大反対をした。
その気持ちは当然だろう、と市之丞自身も思うのだ。
だが、市之丞の決心は変わらない。
もともと、人の話に耳を傾けるほうではない。それは、主人の千太郎仕込みではな
いか、と思うのだが。
ふたつ目の壁は、千太郎の正体を周りに知られていない、ということだ。
志津の主人である雪は、どこぞのお店《たな》の娘ということだが、その店の在《あ》り処《か》はどこ
なのか、どんな種類の店なのか。
いまだに教えてもらっていない。
それだけ信頼されていないのか、と悩んだこともあったが、志津の言動からは、ど

うも違うようだ。

千太郎に秘密があるように、雪もなにか隠しているに違いない。でなければ、すべて明らかになっているはずだ。

雪にしても、志津にしても自分たちのことについて、喋ろうとしない。志津は、十軒店にある、梶山という店の娘ということは話してくれたのだが……。それに、雪には、商人というよりは、武家の匂いがぷんぷんする。いまでは、武家娘と確信している。本人も隠そうとはしていない。

千太郎と雪は、ますます仲が深まっているようだ。

市之丞としては、自分たちと同じ程に燃え上がってくれないか、と思うのだが、千太郎が気持ちを抑えているのだろう。

それも当然だ。

稲月家の若殿が、素性の知れぬ女に惚れたとなったら、大事《おおごと》である。重臣たちはなにをいいだすかわからない。

問題が大きくなったら、由布姫にも迷惑をかけることになる。さらに、田安家にも飛び火することになったら……。

ついつい、悪いことばかり考えてしまう市之丞なのだ。

ところで……。

市之丞は、呟いた。

「あのとき、いきなり背中を蹴飛ばして来た野郎は、何者?」

江戸は中秋の名月を過ぎたところ。道灌山《どうかんやま》では、虫聞きのために夕方になると、大勢の人が集まる。

いま、千太郎は弥市と由布姫を交《まじ》えて、道灌山の茶屋に座っていた。

すでに紅葉から枯れ葉に変わった木々も見られる。すすきが一面を飾り、冬が待機している。つまり、もう虫聞きの頂点は過ぎたのである。

その結果、茶屋で千太郎は熱燗《あつかん》が入った杯を傾け、由布姫は、熱いお茶を飲み、弥市は、茶わん酒を飲んでいる。

「いまはいいですが、宵が過ぎると寒いですよ」

弥市が呟いたのは、虫聞きなど興味がないかららしい。さっきから、しきりに、寒いとか、もう帰ろうと訴えているのだ。

「親分、そんな無風流ではいかぬなぁ」

「十手の手助けになりませんからねぇ」

弥市は、負けずに答えた。

するると、由布姫はふふふと笑いながら、

「虫は言葉を喋りませんからねぇ」

と助け舟を出した。それに力を得た弥市は、

「まったくでさぁ。だいたい、虫の鳴き声を聴いてどこが楽しいんです？　あっしが泣いてごらんにいれましょうか」

「ばかなことをいうな」

千太郎と弥市が例によって、馬鹿ばなしをして笑っているが、由布姫だけは、面白くなさそうだ。

ふたりの間に、自分だけが知らぬことがあるのが、気に入らないのだ。

「なにがあったのです？」

顔は、興味津々である。

弥市は、贋の千太郎がいきなり現れたのだ、と笑った。

「まぁ、千太郎さんの贋者が？　それはさぞかしいい男だったのでしょうねぇ。でなければ、贋者などおこがましい」

本気かどうか、由布姫の言葉に、

「いや、それほどでも……」

弥市は、えへへへと笑った。

「まぁ、詐欺師としては一流の腕を持った野郎でしたがね」

「へぇ……」

由布姫は、千太郎の手を取って、

「この人の手も、ちょっと見たら詐欺師のような形をしていますよ」

「雪さん、それはない」

「いいえ、人を騙すことには長《た》けています」

「なぜだね？」

怪訝そうに由布姫を見つめる千太郎に、

「私を騙しました」

由布姫は、しれっとして言い放った。

「ちょっと待ってくれ。私は騙したことはない」

「……あら？　そうでございますか？」

いたずらっぽい目で、由布姫は千太郎を見つめる。顔だけではなく、体全体で笑っているようだ。

「なんだ、冗談であったか」

「違います。本当のことです」

「しかし」

「いえ、騙されたから私はこうして、こんなところに来ているのです。千さま？」

「はん？」

「男がおなごを騙すなら……」

「騙すなら？」

「死ぬまで騙し続けるのですよ」

「…………」

　ふたりの間に、言葉にならない間《ま》が生まれている。

「ちょっと、茶屋で囁くおふたりさん」

　弥市が、白けている。

「そろそろ宵が更けますぜ」

　ようやく、緊張を解いたときと同じように、千太郎と由布姫の間が溶けたのを機に、弥市がまじめな顔に戻って、

「千太郎の旦那……」

「どうした、そのような顔をして」

弥市は、妙なものを見つめたときのような顔をしている。

「さては、神田明神に雷小僧でも落ちたかな」

「落ちません」

「なんだ、つまらぬ」

「神田明神ではなく、沼の話です」

「おう、底なしか」

「はい」

ふたりの会話についていくことができず、由布姫はいらいらしている。

「なんです、おふたりさん。江戸の言葉で話してくださいませんか！」

ちょっと大声になった。

「これは失礼した。弥市親分、雪さんがわかるようにまとめてくれ」

へぇ、と頷いて弥市は話しだした。

鉄次郎から香炉を鑑定してくれ、と頼まれたこと。

そこに、千太郎と名乗る不思議な男が現れ、本物と贋者の丁々発止《ちょうちょうはっし》が始まり、化けの皮がはがれて逃げ出したが、最後には自分が捕縛したこと……。

由布姫は、そんなことがあったのか、と笑っている。

「ところで親分」

「へぇ」

「あの沼なんとかという詐欺師はどうして、私を騙《かた》ろうなどと思ったのか、判明したのか」

「わかりました」

弥市が、にやりとする。

「ほう、なんだったのだ」

「旦那……以前、おかしな掏摸《すり》を捕まえたことがありましたが、覚えていますかい？」

「掏摸？　江戸には掏摸が多いからな」

掏摸が江戸に多いのは、捕縛されても、三回まではそれほど大きな罪状を言い渡されなかったからだ。一度捕縛されたとしても、二度悪さをする者たちが後を絶たない。したがって、掏摸には再犯者が多かった。

「それほど、大きな事件とはいえませんが、一年前になりますか、深川で旦那と歩いているときのことでした」

「親分とはいつも一緒だ。いつのことかわからぬ」

「あっしも、この事件についちゃ、すっかり忘れていました」

そういって、弥市は天井を見上げた。

「深川の天神さんの前を歩いているときに、お店者の娘らしいふたりが歩いていたのを覚えていますかい？」

「常に、見ているのは娘だ」

千太郎は、由布姫の前でもしれっとしている。

「さいですかい。で、その娘のふたり連れが、露店の小間物屋で万引きをした、といって大騒ぎになったんですがね」

その言葉に、千太郎は、あぁ、と気がついたらしい。

「あったな、そのようなことが。だが、あれは結局、そばにいた客が、自分で盗んでおいて、娘が持っていた南京袋《なんきんぶくろ》に入れた、と私が見破ったはずだが」

「それですよ」

「なに？　あのときの男が沼太郎であったというのか？」

「違います」

「あのときの男は、もっと腹が出ていたはずだ。もっとも人の体は変わるが？」

「へぇ、沼太郎とは体つきは違いますし、顔も違いますが……そのときの野郎の顔を覚えていますかい？」

　千太郎は、しばらく思案していたが、

「そういえば、おぼろに浮かんできたぞ。あのふたり、どこか似ているところがあるようだが、気のせいか？」

「そこですよ」

「どこだ」

　わざとらしく、きょろきょろと体を回す千太郎に、

「戯《ざ》れ言《ごと》はいいですから」

　といって、弥市は話を進める。

「あのとき、捕まえた野郎の名は、池次郎《いけじろう》といいました」

「なに？　沼に池だって？」

「へぇ、気がついたと思いますが、沼太郎は池次郎の兄貴です」

「本当か。それは奇遇だ」

「いえ、奇遇ではありません。偶然でもありません。沼太郎は計画的に、千太郎の旦那に近づいてきたんですよ」

「私への意趣であったのか」

「あっしも池次郎のその後のことは知らずにいたんですがね。番屋で厳しく責められたそうです」

「決め板か」

「おそらくは。そこで、罪を認めたんですが、そのときの罪状は、百叩きでした。まぁ、妥当なところでしょう」

ふむ、と千太郎は懐手になる。

「あのふたりの生まれは、武州で、近所じゃ悪がき兄弟でならしていたらしいです。ですが、仲の良さが目立つ兄弟だったらしいんですがね」

由布姫は、悪をすることで兄弟の絆を深めるしかないとは、情けないですねぇ、と嘆いている。

「まぁ、なかにはそのような者もいるのであろうなぁ」

へぇ、と弥市は知ったふうに頷きながら、

「まぁ、悪ってのは、自分でなにをやっているか知ってますからね。世間からも疎《うと》まれているし。だから、兄弟などは一層、繋がりが強くなるんですよ」

「なるほどなぁ。親分の話は勉強になるぞ」

「おだてちゃいけません」

弥市は照れ隠しに、首などをぴちゃぴちゃと叩きながら、

「池次郎はそのときの傷が元で、亡くなったという話でした」

「その沼なんとかいう輩は、弟の復讐をしたかったのですね？」

由布姫が問う。

「そういうわけです」

「しかし、なにも私を騙らなくてもいいようなものだが？」

千太郎は、眉をひそめた。

「野郎は、誰がその場にいて、弟を捕縛したのか、調べたんでしょうねぇ。そこで、千太郎旦那が浮かんできた」

「ふむ」

「気に入らねぇことに、あっしの名前も浮かんだけど、千太郎旦那に復讐しようと考えたんだと思いますさぁ」

由布姫もそんな奴には、少しも同情はしません、という顔で頷いている。

「まぁ、そんなことで、沼太郎の奴の目的は判明したわけですがね」

「まだ、なにかあるんですか？」

由布姫は弥市を見る。

「沼太郎を捕縛したときに、なんとも可哀想なことが起きまして」

由布姫は、どうしたのですか、と身を乗り出した。

「とばっちりを受けたお店者が殺されたんでさぁ」

「まぁ」

「それも、いかにも天狗の仕業じゃねぇかと思えるような不思議な出来事でして」

「どうしたんです？」

弥市は、そのときの状況を説明した。

話を聞いた由布姫は、首を傾げる。

「その沼太郎が逃げたときに、一緒に駆けだしただけなのでしょう？」

「そうです。途中で倒れたんですがね、そのとき、あるご浪人さんが駆け寄って、助け起こしたんです」

「そのときに、胸に刺された傷があったのですか？」

「へぇ……心の臓のあたりから血が流れていやした」

「誰かに刺されたということでしょうか？」

「そうとしか考えられねぇので、へぇ」

弥市と由布姫は不思議そうな顔をしている。

「あっしはね。そのとき三人いた若い浅黄裏の連中のひとりではねぇかと」

「どうしてです？」

「逃げる最中、誰かが沼太郎と戦うことになったときのために、刀を抜いていたんだと思います」

「それが、誤って刺さったと？」

「あのときは、ごちゃごちゃになってましたからねぇ」

弥市は千太郎に賛同を得ようとするが、

「ううむ、そうであったかなぁ」

はなはだ当てにならぬ返答をする千太郎だ。

「しかしな、親分」

「なんです？」

「そんなところから探っても無駄のような気がするのだが」

「どういうことです？」

「あれは、本当に誤って殺されたのかな」

弥市は、へぇ？　という目で千太郎を見つめた。

「最初から殺される人間だったというんですかい？」

「いや、そういう見込みもあるぞ、といいたかっただけだ」

「それはどうですかねぇ……」

弥市は、その考えは、はずれでしょうという顔つきである。

「どう見ても、あの場面だからこそ起きたんでしょう？」

千太郎は、腕組みをしながら、ふむと頷いた。

「最初から計画なんざしているわけがねぇ。第一、あのとき沼太郎があの場にいたのは、まったくの偶然ですからねぇ」

「確かにのぉ……」

「ですから、なにか突発的に脇差などが刺さったんでさぁ」

そんなどじを踏みそうなのは、若い浅黄裏の連中しか考えることはできない、と弥市は強硬だった。

「ここで、ただ論じていても仕方がありません」

由布姫が、腰を上げた。

「なんです、いきなり」

弥市は、立ち上がった由布姫の顔を見上げる。

「確かめましょう」

「なにをです？」

「客全員に、そのときの話を訊くのです」

「浅黄裏たちに関しては、どこの者か知るのは無理です」

弥市は、素人はたまらんとでもいいたそうだ。

「そうですかねぇ」

由布姫は、にやりとした。なにかを企てている顔つきだった。千太郎は、なにかを感じたらしい。

「おや？　雪さんがよからぬことを考えているようだぞ」

「よからぬことではありません。事件を解決に導く算段をしているのです」

するると、弥市が割り込んで、

「ですから、無駄なことはやらねぇほうがいいですぜ」

千太郎ならまだしも、素人で、しかも女は、口を挟むなとでもいいたそうだ。弥市がなにを考えているのか、由布姫は気がついたのだろう、

「なにをいいますか。私は、女隠れ同心だということを知らぬのですね」

「へぇ？　なんですそれは」

聞いたことがねぇ、と弥市はあざ笑う。

「まぁ、いいです。後で謝っても知りませんよ」

顔は笑っている。

「へぇ、なにをやる気か知りませんが、楽しみにしてましょう」

そのとき、千太郎が緊張の目つきで、

「し……静かに」

全身を緊張させる。

「……なんです？」

「親分、声が高い」

「…………」

「ほれ、聴こえてきたであろう？」

鈴虫の鳴き声だった。

二

それから数日後。

雪こと由布姫は、さっそうたる姿で、片岡屋に入った。帳場にいた治右衛門の前を、裾を翻《ひるがえ》らせていく。

「おや、雪さん」

「治右衛門さん、千太郎さんはいますか？」

「弥市親分が訪ねてますよ」

鈎鼻で、強面の顔を持つ治右衛門も由布姫の型破りな行動には勝てないらしい。普段とは異なり、静かなものいいで答えた。

「そうですか、それは好都合」

にんまりしながら、由布姫は奥へと進んだ。

離れに入ると、千太郎が、弥市と歓談しているところであった。

弥市が十手の先で、なにか地図のようなものを指し示しているところを見ると、事件探索の相談でもしているのだろう。

由布姫は、どんと音を立てるほどに、弥市の前に座って、

「わかりましたよ」

「……なにがです？」

いきなりの言葉に、弥市は持っていた十手を左手から右手に持ち変える。

「親分がいうところの若い浅黄裏たちの居場所です」

「な、なんですって？」

十手を取り落としそうになった。

「ですから、私を侮《あなど》ったらいけませんというたでしょう」

「本当に隠れ同心なんですかい？」

弥市は由布姫の目を覗き込むが、

「さぁねぇ」

さらりとその視線を躱《かわ》して、

「そのかたたちは、上州のあるご家中の江戸勤番でした」

「本当ですかい？」

「もちろんです、私のやることに漏れはありません」

「はぁ……」

信じられない、という顔で弥市は千太郎に視線を送る。

千太郎は、雪さんならそのくらいは朝飯前だ、と答えた。

「なにしろ、雪さんの後ろには大きなものが控えておるでなぁ」

笑いながら、由布姫を見つめる。ふたりはお互い秘密を共有している者だけが感じられる気配に包まれている。

「ち……どうせあっしは蚊帳《かや》の外です」

「ひがまなくてもいいだろう、親分」

「別にひがんでなんざいませんや」

そうはいっても、自分だけが話についていけないのは、忸怩《じくじ》たるものがあるのだろう、弥市は、横を向いてしまった。

ときどき、こんな行動を取るので、千太郎としても、それほど気にはならない。また、始まったな、というように見ながら、

「雪さん」

「はい？」

「その浅黄裏たちは、事件には関わりはないと？」

「たぶんそうだとは思いますが……」

「確実だとはいえないということですか？」

「私たちが話を訊かないことには……」

そうだ、そうだ、とひがんでいた弥市が、横を向いたまま叫んでいる。

「親分、いつまでもそんなすねてないで」

「おや、誰がすねてなんぞいますかい」

雪がそっと、弥市の手に自分の手を添えて、

「もそっとこちらへ、どうぞ」

やさしくされて、さすがの弥市も、

「ち……しょうがねぇ。雪さんがそういうのなら、仲間に入ってやることにするか」

とふたりのほうに顔を向けた。

それでも、そうそう簡単に曲がったへそはもどらねぇ、とでもいいたそうな顔つきだったが、

「その江戸勤番侍たちは、どこのご家中なのです。それに、どうやってそいつらの居場所がわかったんですかい？」

「親分、そのあたりはご勘弁くださいよ。まぁ、とにかく居場所が判明した、ということだけで」

弥市は、またすねるような顔つきになったが、

「まぁ、しょうがねぇ」

訊くのをやめましょう、としぶしぶ答えた。

「ですが、その侍たちと話はできるようにしておきましたから」

「おう、それは助かります」

返事をしながらも、弥市は千太郎を見たり、由布姫の顔を窺ったりしている。いったい、このふたりは何者なのだ、という目つきだ。

弥市は知らぬが、千太郎は気がついている。おそらくは、田安家から江戸勤番で、あの日、萩屋に行った者がいるかどうかを調べさせたのだろう。そして、三人が浮かび上がった。

弥市の頭のなかは疑問だらけだろうが、それを断ち切るように、千太郎がいった。

「その者たちを、どこに呼ぶかな」

どうせなら、同じ店がいいのではないか、と由布姫は弥市に告げる。

「それは、ありがてぇ。検分ができる」

小躍りしそうに弥市が喜ぶ。

「そうですね、ではそのように取り計らいましょう」

雪のやることは素早かった。

翌日の夕方には、萩屋に着いていた。

そこの、萩の間ではすでに例の若侍たちが畏《かしこ》まっている。よほど厳しくいいつかっ

てきたのか、千太郎たちが入っていくと、

「これはこれは……」

などと、ていねいにおじぎする。

「これこれ、そんな格好はいりません」

由布姫がひとこと発しただけで、

「ははぁ……」

三人そろって伺候《しこう》するから、弥市にはなにがなんだかわからない。そんなにこの雪さんという人は身分の高い人なのか、どんどん不審感と、どう対処したらいいのか、という疑問が大きくなるだけだった。

「親分……」

そんな弥市の気持ちを察したのか、由布姫はにこにこしながら、声をかけた。

「私に対する態度は、そのようにせよとおおせつかってきただけでしょうからね。弥市親分はいつもと同じでいいのです」

そう語っている間も、侍たちの体は緊張のままだ。

「へぇ、まぁ……いきなり変えろといわれても変わりませんから」

そう応対するのが、せいいっぱいらしい。

弥市から見ると、侍たちの前に座る雪の態度は、まさにどこぞ身分のある姫様そのもの。

ひょっとしたらとんでもねぇ人たちと付き合っているのではないか、という疑問が浮かび、かってなことはできねぇなぁ、と思い始めたとき、

「親分、じゃぁ始めるよう」

千太郎のひとことで、そんな気持ちは吹っ飛んだ。

侍たちの緊張がまたまた高まったらしい。

「あの……」

ひとりが、にじり寄って、

「私たちは本当に関係ないのです」

千太郎に訴えた。

「まぁまぁ、そなたたちをどうこうしようというのではない。あのとき、周りでなにが起きていたのか、それを知りたいだけだ。心配は無用」

由布姫の正体は知らされてきたはずだが、千太郎の態度も若さま然としていて、三人は顔を見合わせた。

さきほど訴えた若侍は覚悟を決めたらしい。

「では、まずは我々の姓名の儀を」

「いや、いらぬ」

「は？」

「名前などいらぬと申しておる。そのようなものは、便宜上あればよいだけだからな。いま聞いたところですぐ忘れる」

「は、しかし……」

「お家のために名乗ったところで、仕方あるまい？」

にんまりしてはいるが、威厳があり凜とした千太郎の態度に、若侍たちは臆したらしい。

「あ、はぁ……では、そのように」

と頭《こうべ》を垂れた。

「だが、呼び名がなければなかなか面倒なことが起きる。そこで、右、真ん中、左と呼ぶことにする」

三人は、はぁ、と返答するしかない。

そのやり取りを聞いていた由布姫が笑いながら、

「このかたと、こちらのご用聞きの親分さんに訊かれたら、しっかり考えて答えるのです、いいですね」

三人は、またしても、がちがちになったまま頭を下げた。

「では、真ん中。そちからだ」

真ん中と呼ばれた若侍は、はい、と顔を真っ直ぐ向けた。

「そんなに、しゃちほこばるな」

「しかし」

にきびがまだ少し額と頰に残っている。

「嘘だけはすぐわかるからな。本当のことを答えればよい」

と、千太郎は釘を刺した。

「では、真ん中」

「はい」

「あのとき、なにが起きたのか覚えてるな」

「もちろんでございます」

「では、教えてもらおうか」

はい、といって真ん中は、がちがちになりながらも、理路整然と話しだした。

「あのとき、私たちは部屋の用意ができるまでと、階下で待っておりました」

「腹を空かせたままだったな」

「はい」

「可哀想なことをしたな。今日は存分に食してよいぞ」

そんなことをいわれても、由布姫の前でがつがつ食べるわけにはいかない。三人は、卓袱台に上がっている大皿には、まだ手をつけていない。

千太郎は、三人に小皿を渡す。

「いいから、食べろ。人はな、食べながら話すと普段とは異なって思いもよらず和《なご》むことができるのだ」

と勧めると、ごちそうを前にして腹が減っていたのか、三人は一斉に箸を動かし始めた。

「続きを話しながらだ」

真ん中は、はいといいながら、

「階下で、待っていたのですが、いきなり階段から、おかみを抱えて、浪人とも、どこぞの家中の者ともわからぬ者が降りてきました」

「右と左もそのとき、同じように見たのだな？」

ふたりは、そのとおりです、と答える。

真ん中が続けた。

「最初はなにが起きたのか、まるでわかりませんでしたが、その者が小刀を抜いて、おかみの首に突きつけている様が見えました」

「ふむ」

「これは、強盗かと思いましたが、どうも雰囲気が違います。上から誰かが降りてこないか、気にしているふうでした……」

そんな緊張すると思えるときでも、沼太郎は薄笑いをしていたという。

お久美を抱えながら、よけいなことをすると、この女の命はなくなると思えよ！

と叫んだ。

だらしないことに、真ん中は自分の手足が震えていることに気がついたという。右と左も、うんうんと頷いている。

千太郎よりも、由布姫がその態度に怒り心頭だった。

「そなたたちは、なんです！」

侍の風上にも置けない、と怒鳴った。

三人は、その場にひれ伏した。

「よいよい。過ぎたことだ」

千太郎の助け船がなかったら、事件よりもそちらのほうで、由布姫は収まりがつかなかったことだろう。

ひとことだけ、いわせてほしい、と由布姫は断ってから、

「そんなことで、おかみのご威光が保てると思いますか！」

「いえ……」

真ん中が、しぼるように答える。

「ならば、もっと精進《しょうじん》なされ」

最後は諭すように声を落とした。

「は……肝に銘じまして」

三

千太郎に促されて、真ん中が話しだした。

すぐ、千太郎と弥市が上から降りてきた。

沼太郎は、なにかを叫んだ。

「ですが、全員が動き始めたのは、客のなかの立派な身形《みなり》の浪人が、このままではこ

っちも殺されるかもしれぬ、というような恐ろしい話をしだして、逃げたほうがいいといったからです」

すると、客たちがどどっと一気に動きだした。

客といっても、ここにいる侍三人と、行商人。そして、お店者。それに、少し立派ななりをした浪人。

人数は少ないが、その場は混乱している。

店の使用人が、三人くらいはいただろう。

最初に逃げたのがなんとこの若侍たちだと、真ん中の言葉で判明する。

由布姫は、またなにかいいたそうな顔つきになったが、千太郎が目で制したので、なんとか我慢している。

三人の後は、誰がどうのこうのというのではなく、現場は火事場のようになったとしか覚えていないらしい。

なにしろ、一番最初に逃げたのだ。

「後は知らぬというやつですかい？」

弥市が嫌味をいう。

真ん中は、むっとした顔をするが、

「不本意ではあった」

と唇をかむのが精いっぱいである。

「ところで……」

弥市が十手をこれ見よがしに、しごきながら、

「問題はその後なんですがね」

「なんでござろう」

真ん中は、自分は侍だ、態度を改めろといいたいのだろう、ことさらしゃちほこばった言葉を使った。

「店の外に出たときに、誰か不審な者はいませんでしたかい？」

「はて、どのような者だ」

「わかっていたらお訊きしません」

弥市は、半分ばかにして答えた。

また、真ん中は難しい顔になった。怒りを我慢しているらしい。

「いや、よくは気がつかずにいた」

「そうですかい」

「しかし……ほかのふたりが見ているかもしれぬ」

弥市は、ふたりを見た。千太郎が訊いた。

「おい、右」

「ははははぁ」

やたら大きな耳を持つ男だった。

「右は、呼びにくいから、うー、にしよう。そうだ、左は、さーだな。うん、それがいい。となると真ん中は、まーだな。右から、うー、まー、さー。それだ」

千太郎は、ひとりで喜んでいる。

「では、うー、そちはどうだ。なにかを見たのか」

うーこと大耳侍は、さぁ、と首を垂れた。

「ほう、次のさーに、引っかけたな」

「……いえ、そのようなことはありません」

「なんだ、違うのか。しゃれのわかる男と思うたが」

由布姫がまた叫んだ。

「千太郎さん！　戯れ言で喜んでいるときではありません！」

「う、これは厳しい」

ひえひえ、などといいながら、肩をすぼめているが顔は喜んでいる。

「では、まーは話を訊いているから飛ばして、さーはどうだ」

「あ、いや、あのぉ……」

左に座っている侍は、若いというのに、腹が出ていた。

「なんだ、はっきりせぬなぁ」

「申し訳ありません」

「謝らずともいいから、なにか思い出せ」

「はい……あのぉ、こんなことをいっていいのでしょうか？」

「よい」

腹の出た若侍は、はぁはぁと粗い呼吸で、腹を動かしながら、

「行商人が、すぐ続いて出てきたと思います」

「それで？」

「は？」

「だから、その行商人がいかがした。なにか不審な動きでもしたのか」

「それがどうにも思い出せなくて、あの、その」

「もうよい」

千太郎も、由布姫も弥市も呆れている。

「なんだ、お前たちは。それでも将来を嘱望されている者たちなのであろう」

真ん中が、いやそれほどでも、などと答えてまた由布姫に怒鳴られている。

「では、うーとまーに問う。さーがいった行商人が、続いて外に出た者に、間違いないな」

そこで、ふたりの意見が割れた。

うーは、そうだったと答えたのだが、まーは、

「それは違う。次に出てきたのは店のおかみだった」

と答えた。

お久美には、ゆっくり後で話を訊くつもりなので、いまこの座敷にはいない。

「まぁ、そのあたりはすぐ判明することだろう。だが、問題はその後だ」

千太郎は、弥市に問うた。

「親分、死んだお店者はどこの誰だったのだ」

「へぇ、大根河岸《だいこんがし》で古手屋《ふるてや》をやっていた与助《よすけ》という男です」

「商売はどうだったのだ」

「古手屋はけっこうもうかりますからね。そこそこうまくやっていたということですが」

「恨みをかうようなことはなかったのだろうか」

「そのあたりは、いま徳之助《とくのすけ》に調べさせています」

「おう、徳之助か」

にやにやしながら、元気か、と訊いた。

「あ奴は、いつもながらですよ」

「それはよかった」

徳之助は、弥市の密偵のようなことをしている遊び人だ。自他ともに許す女たらしであるが、

「俺は、女を幸せにするために、やってるんだから、騙したなんてぇことはない」

と平気でうそぶくような男だ。

それでも、徳之助と付き合った女たちは、騙されたと知っていても、恨みを抱かれないという得意な才を持っている。

同じように、人からいろんな話を訊き出す力は、弥市も重宝しているのだった。

「そのうち、こちらで合流するでしょう」

「では、徳之助の報告を待つことにしよう」

さて、うー、まー、さー、と三人を千太郎は、見つめた。

「これからが肝心だから、じっくりと思い出してもらおう」

三人は、呼び名に妙な顔をするが、頭を下げる。

「お店者の与助のことを覚えてるな」

三人は、頷く。

また、頷く。

「客として同じところで待っていたのであろう？」

「なにか気がついたことはなかったかな。そわそわしていたとか、誰かから逃げるような仕草をしていたとか、追われているような様子が見えたとか」

三人は、それぞれ顔を見合わせるが、首を振っている。

「申しあげます」

真ん中がいった。

「会話を交わしたわけではありませんが、とくに気にかかるようなところはなかったように思えます」

そうか、と千太郎は頷きながら、そういえば、とひとりごとをいう。

「この店は、客は侍も町人も同じ場所で待たせるのか？」

その言葉を聞いて、弥市が、確かめてきましょう、と腰を上げた。

千太郎は、うむと腕を組むと、

「どうだ、この店の味は」

と事件とは関係のない話をした。

三人、三様の顔で、はいとうれしそうだ。

「よし、その顔で思い出してもらいたい。よいよい、食べながらでよいぞ」

千太郎は、笑みを浮かべながら、

「ほかの客はどうだった。まーから答えろ」

「はい……。客同士で仲違いをするようなこともありませんでしたし、剣呑なことも起こりませんでした」

「そうか」

するとさーが付け加えた。

「あの……殺されたお店者は、天狗の恨みでもかかっていたのでしょう」

などという。

まーが、ばかなことをいうな、とたしなめると、

「あのような不思議な死に方をしたのだ」

と押し通す。

千太郎は、間に入って、まぁまぁ、と鎮《しず》めてから訊いた。

「身なりのよい浪人は、どうであった？」

また、三人は互いに目を合わせると、今度は右の男が答えた。

「静かなものでした。なにかこう泰然としたところがあるようでした」

「なるほど」

「もっとも物静かでありましたが、それも当然ではありますが」

「どうしたのです？」

今度は、由布姫が訊いた。

「あの殺されたお店者が、ひとりで喋っていたからです」

「ほう、どんな内容だったか覚えているかな」

まーが答えたところによると、与助は生まれが安房館山《あわたてやま》の生まれ。子どもの頃は、海の暴れん坊だった、と自慢話をしていたらしい。

「そんなくだらぬことを聞いていたのですか」

由布姫が、笑う。他人の自慢話ほどつまらぬものはない。

そんな与助も悲しい話をした。

生まれた村から江戸に嫁に行った娘が子どもを連れて、里帰りをしていたのだが、その子が、舟の事故に遭って亡くなってしまった、というのだった。

四歳になる娘が、そばにもやっていた小舟に乗って遊んでいた。

ところが、いきなりその小舟の底が抜けて、水が入りだした。母親がちょっとそばから離れた、わずかな間のことだったという。

「入ってきた水に溺れて、その娘が亡くなったというのです」

「それは可哀想な話ですねぇ。事故とはいえ」

「ところが、そうではなかったのです」

まーが顔をしかめながら、

「そのお店者が、苦渋の顔をしてました」

「与助が仕掛けをしていたとでもいうのか？」

千太郎が問う。

「どうやらあの話しぶりからみると、そのようでした。はっきりとはいいませんでしたが、自分の最大の失敗だった、と申しておりましたから」

「それはいつの話なのだ？」

「はて、年数はいってませんでしたが……おそらく、十年程度前のことかと」

真ん中の若侍は、涙で鼻をぐずぐずやり始めている。

そこに弥市が戻ってきて、

「確かめてきました。この店の味には、侍も町人も分け隔てはないので、待たせるときから、そのようにしている、とのことでした」

「なるほど……」

千太郎は、ぐっと難しい顔をすると、それを崩そうとしなかった。

若侍たちは、満腹になって帰っていった。

弥市と由布姫は、あの三人からはたいした話を聞くことはできなかった、と嘆いていたが、千太郎はまだ難しい表情を崩さない。

「では、お久美さんに話を訊いてみよう」


お久美を弥市が呼びにいった。

戻ってくると、いつもと変わりのない、おかみの姿だった。事件に巻き込まれたことなど、すっかり忘れたという風情である。

だが、千太郎が話ができるかと、問うと、

「本当のところ、まだ恐怖が残っています」

と暗い顔をする。

「そんなときに、申し訳ないが……」

「気になさらないでください」

人が亡くなっているのだから、とお久美は、呟いた。

千太郎と弥市の顔は知っているが、由布姫のことは知らない。ふっと興味のある目を由布姫に送っていた。

「あぁ、お久美さん。こちらは、雪さんという娘さんだ」

千太郎が紹介すると、

「雪と申します」

ていねいに由布姫はおじぎをする。

「まぁ、優雅で美しいおかたですね」

そういうと、千太郎に目を向けて、

「あなたさまの、いいお人ですか？」

千太郎は、照れているが、由布姫はまったく悪びれずに、

「はい、そのとおりです」

と、答えた。

「まぁ、はっきりした娘さんでございますねぇ……それに、目に光があります。高貴

な香りもいたします」

そういって、じっと千太郎と由布姫を見つめていたが、

「これはこれは……」

お久美はなにかに気がついたらしい。

「そのようなおかたに来ていただけるとは、料理屋のおかみ冥利《みょうり》につきます」

いきなり平伏した。ふたりの素性に気がついたらしい。

「お久美さん、なんだねいきなり」

「いえいえ、気になさらずに」

そうはいかない、という千太郎に、

「江戸の町は、楽しうございますから、しっかりお忍びくださいませ」

弥市は、なにが起きているのか、さっぱりわからねぇ、という顔をしている。

「そんなことより、事件の話だが……」

「はい、なんなりと」

千太郎は、お久美に、沼太郎に襲われるまでのことを訊いた。

特に、念入りに訊いたのは、客たちの関係だった。

そのとき集まっていた客たちはお互い、知り合いだったのか、どうかである。

だが、お久美は客同士は皆そのときが初対面だったはずだ、と答えた。素性も身分もまったく異なる人たちが集まっていた、というのである。

そうか、と千太郎は、がっかりしたような顔つきをする。

「お久美さん、それは間違いないことかな？」

「もちろんです。もし、知り合いだとしたらそこで、話ははずみますからね。そのような会話はなかったと思います」

「使用人たちも同じだろうか」

「それは、変わりはないと思いますが」

訊いてこようか、と立ち上がろうとするのを、千太郎は止めた。

「いや、お久美さんがそういうのなら、間違いはあるまい」

人を見るのも、おかみの仕事だ。そのおかみであるお久美がいうのだ、あのときの客同士、知り合いだったという線は消えた。

「もっぱら、お話をするのは、殺された与助さんでしたけどねぇ。あのような楽しい方が亡くなるとは……」

お久美は、あのような事件は起きてほしくない、と最後に涙を拭いた。

四

「どうしたんです？」

お久美が辞してから、弥市が問うと、千太郎はううむ、と唸って、

「なにか気にならぬか」

と逆に訊いて、弥市と由布姫の言葉を待つ。

「さぁ……なにかあったのですか？　そういえば行商人の居場所だけがわかっていませんね。その者がなにか関わりあるとでも？」

行商人は、逃げ出してから戻っていない。住まいはあるのだが、そこを尋ねても、誰もいなかった。あのままどこぞ、また旅に出たらしい。

由布姫が問う。

「そうかもしれない、そうでないかもしれない」

千太郎は、意味不明な言葉を吐く。

「また、旦那のひとり語りが始まりました」

弥市と由布姫は、目を交わす。

「旦那……なにかおかしな点があったのなら、教えてもらいてぇ」

「いや、親分、まだ、頭のなかがはっきりせぬのだ」

「はぁ……」

するると、由布姫が千太郎の前に進んで、

「どこに引っかかったのです？」

「それもわからん」

「では、気にならなかったのは？」

「はん？」

「関係がないと思ったところを排除したら、残りが問題の場所です」

「なるほど」

千太郎は、手をひらひらさせながら、

「あれはいらぬな。ふむ、これもだ。しかし、こっちはどうだ……？」

ぶつぶつと独り言を続けていたが、

「親分、浪人はどうした」

「へぇ、これも徳之助が塒を見てきているはずです」

「徳之助はまだ顔を見せぬのか」

「ここにいることは知ってますから、おっつけ来ると思います」

「では、徳之助が来たら、その浪人のところに行ってみよう」

「そのご浪人さんがなにか？」

「まだ、わからぬが、なにか見えてきそうだ」

さいですかい、と弥市が答えたところに、

「へっへへへ。やってきました、徳ちゃんですよ」

女ものの小袖を着た徳之助が、女中に連れられて部屋に入ってきた。女中は、すでに、大笑いしている。よほど、徳之助の話が面白かったとみえる。たかが部屋へ案内する間に、徳之助は女中の気持ちを摑んでしまったらしい。

「徳……相変わらずだな」

弥市が、呆れた顔で声をかけた。

「じゃ、おさいさん、またな！」

戻っていく女に声をかけると、おさいと呼ばれた女中は、あい、待ってますよ、と笑いながら階段を降りていった。

「徳之助は、奇特な力をもっておるらしい。私もあやかりたい」

と千太郎がいったから、いきなり由布姫の拳骨《げんこつ》が頭にぶつかった。

「なんですって？」

「あ、なんだ、いま天井から石が落ちてきたぞ」

「女の鉄槌《てっつい》ですよ」

「なんだ、どうしたのだ」

千太郎は、わざとらしくきょろきょろ周囲を見回していると思ったら、

「きた、きた、きた」

とうれしそうだ。

「旦那、そんなに雪さんに拳骨をくらうのが、うれしいんですかい？　変わった趣味をおもちで」

弥市が、まぜっかえすと、

「親分、行くぞ。徳之助。浪人のところにまで連れて行け」

すたすたと、部屋を出てしまった。

「なんです？　いまのは」

徳之助が、きょとんとしている。

「ほら！　徳之助！　すぐ千太郎さんを追いかけなさい」

由布姫が叫んで、千太郎と同じように廊下に出て、音を立てて階段を降りていく。

「親分、なんですか、あのふたりは」

「似た者同士っていうんだ」

　早くしろ、と弥市も続いた。

　弥市と徳之助が店の外に出ると、千太郎はどちらに進んでいいのかわからず、いらいらしていた。

「遅い、なにをしておる」

「そんなことをいわれましても、いきなりですから」

「天啓はいきなりやってくるのだ」

「はぁ？」

　徳之助は、その千太郎の流れについていけずにいる。

「早くしなさい」

　由布姫が、背中をどんと突いた。

　とんとんと数歩前に進んで、徳之助は、

「浪人の家は、ここからそんなに遠くはありませんぜ。慌てなくても着きますよ。なんだって、そんなにみんな急ぐのかねぇ」

「いいから、早く行け」

ごたくを並べようとした徳之助に、弥市がせっついた。

わかりましたよ、といいながら、徳之助は、千太郎の横に並ぶと、

「あの浪人の名前は、氷川《ひかわ》しきぶ……というなにやら聞いたことがあるような名前ですが、どうにも思い出せずに困っていたんですが、千太郎さんなら、なにかわかるんじゃねぇかと思っていたんですけどね」

「あはは。それは、式部だろう。その昔、紫式部《むらさきしきぶ》という人がいたからな」

「あぁ、それだ、それだ」

徳之助は、うれしそうに手を叩いた。

「これで、すっきりした」

そういって、いままでより足早になった。

氷川式部の家は、浅草、今戸町にある。

徳之助は、大川に出て登っていく。

川風が涼しいというより、冷たくなっている。

夏なら、河原や土手際で水遊びをしている子どもたちの姿がちらほら見えるのだが、こんな時期は、ほとんど人はいない。

通りの家にかかる初冬の陰が、寒々しい。

聖天様を通り越して、今戸橋を渡ったあたりが今戸町だ。

そのあたりは、今戸焼きの窯《かま》も多く、煙がところどころから登っている。

徳之助は、橋を渡ってから、左の通りに入った。

ちょっと行くと、田畑が中心の通りになった。

軒の並びは、間遠《まどお》になり家が離れて建っている。

「あの家です」

「ほう、一軒家なのか」

「へぇ、浪人にしては珍しい」

傘張り浪人とは大きな違いだ、と弥市がいう。

「へぇ、あっしも最初は驚きました」

といっても贅沢をしているふうではない、という。

「遠くからちょいと見ていただけですが、まぁ、暮らしは質素なものです。誰かが訪ねるということもないようで」

「そんな浪人がなぁ。どうしてこれだけの家に住めるのだ？」

弥市は不思議そうである。

「なにか裏があるのかな？」

徳之助が首を傾げる。

「まぁ実家からの仕送りがあった、ということも考えられる」

「人には人、それぞれの理由があるんでさぁ」

徳之助が偉そうにいったので弥市は、ふんと鼻を鳴らして、

「そうかい。じゃ、おめぇが女をたらしこむにも理由があるんだな」

「親分、あっしはいつもいってるでしょう」

「忘れた」

「女に功徳《くどく》を与えてるんですぜ」

「ち、ふざけやがって」

弥市は、まともには話ができねぇ、といった顔で歩き続けた。

五

遠巻きに氷川の家を囲んだ。

「旦那、どうしてすぐ訪ねていかねぇんです？」

弥市が不思議そうだ。それに千太郎は答えず、

「徳之助……奴はひとりか」

「へぇ、あっしが探ったときはいつもひとりでしたが」

仲間がいるとは思えない、と答えると、千太郎はそうだろうなぁ、とひとりで合点している。

弥市は、それが気に入らない。千太郎のすぐとなりにいる由布姫に声をかけた。

「雪さん」

「なんですか？」

「そこにいるひとりのおかたに訊いてくれませんかい？」

「なにをです？」

「ここには、十手持ちがいるんです、と」

その言葉に、由布姫は大笑いをする。

「千太郎さん。どうやら、ここには腕っこきのご用聞きがいるようですよ。ひとりで得心しているな、といいたいそうです」

その言葉に、千太郎は苦笑交じりに、

「いやいや、それは悪かった」

顔を真っ直ぐ弥市に向けて、

「親分、悪いがもう少し、待ってくれ」

と頭を下げた。

「おっと、そんなことをされたら、こっちは困ってしまいまさぁ」

いくらなんでも侍に頭を下げさせるわけにはいかない。

「といってもいつまでも、ここにいても仕方がない」

千太郎は、ちょっと行ってくる、と歩きだした。

弥市が一緒に、と横につくと、

「いや、後で来てくれ」

と手で制した。

だが、弥市は納得がいかぬ、と千太郎を睨んで、

「旦那……なにがあるのか、教えてもらいてぇ」

しばらく足を止めて、じっとしていた千太郎だが、

「では、私の考えをいおう」

「へぇ、待ってました」

「与助を殺したのは」

「殺したのは？」

「氷川式部だろう」

「へぇ？　動機はなんです？」

「それがわからん……まぁ、うっすらとは気がつき始めたのだがな」

「どういうことです？」

「それをこれから、確かめに行く。本当は気が向かぬのだがな」

「それはいけませんや。いくらお侍さんでも、もし本当にあの氷川さんが、与助を殺したとしたら、きちんと罪に服してもらわねぇと」

町方としたら、そこを逃すわけにはいかぬのだろう。

するど、千太郎は、おもむろに、

「親分、世の中には、偶然ということがあるなぁ」

「それは、たまにはあるでしょうよ。ですが、人殺しにそんな話は通じませんけどねぇ」

「なるほど……」

そこで、千太郎は少しだけ悲しそうな目をしたが、弥市は気がつかない。

「今度の与助殺しに、関わりのある話ですかい？」

「おそらくな」

「どういうわけです？」

するど、後ろからいきなり声が聴こえた。

「気がつきましたよ、私も……」

由布姫だった。

「ふたりだけで、解決しようとするなど、いけませんよ」

由布姫は、にやりとする。

「雪さん、気がついたとはなんです？」

「あのとき、どうやって与助が殺されたか、その謎にです」

「へぇ……本当ですかい？」

「私は、隠れ女同心だと申しております」

「いや、まぁ、そうなのでしょうが」

弥市は、ばかにされたようで、不機嫌になる。

「いいですか？　お話をして」

由布姫が、千太郎に許しを得ようとすると、

「まぁ、ちょっと考えたらすぐわかることですから。ただ、私が悩んでいたのは、そ

の動機だった」

と答えた。

「そんなことはどうでもいいじゃねぇですかい」

弥市は、下手人《げしゅにん》がわかれば、それで問題はない、というのだった。

しかし、千太郎はそうは考えていない。

「いや、それはないのだ。人を斬る、あるいは殺す裏には必ず、動機がある」

「衝動で殺してしまうという野郎はけっこういますぜ」

「否定はせぬが、今回は違う」

千太郎の声は暗い。それに気がついた由布姫が、

「私も動機まではわかりませんが、千太郎さんはわかっているのですか？」

「予測はある。それを確かめたいのだ」

ちょっと待ってくれ、と弥市がまた止めた。

「あのとき、なにが起きたのか、それだけでいいから教えてくだせぇよ」

「では、いおう」

あのとき全員で走りだしたのは、なぜか？　それが千太郎には不思議だった、という。

「いくら沼太郎が、刃物を持っていたとしても、狙いは店から無事に逃げることだというのは、誰でもわかることだ」

「確かに」

「だが、客たちは一斉に走りだした。かえって危険ではないか」

「沼太郎が煽動したんでしょう」

「違う、話を聞いた限りでは、沼太郎はそんなことはいっていない。だが、ひとり、逃げろといった者がいた」

「あの浪人、氷川式部」

「そうだ、逃げたほうがいいといったのは氷川式部」

弥市は、まだわからねぇ、という目つきで由布姫に助けを求めた。

「つまり、店のなかをごちゃごちゃにさせる必要があったということでしょう」

「雪さん、そのとおりだ」

氷川は、人が入り交じるのを欲した。だから、逃げたほうがいいといったのだろう、と千太郎はいう。

「でも、どうやって殺したんです？　死んだのは店の外ですぜ」

そこが氷川の頭のいいところだ、と千太郎はいう。

外に出たとき、与助はそのまま逃げるつもりだった。だが、なにかにつまずいて、転がった。

　すかさず、氷川が助け起こしにいく。

「だがな、助けたのではないのだ」

「え……」

　あっ！　っと弥市は気がついた。

「助け起こすふりをして、刺したんですね」

「それしか、あの状況のもとでは考えられぬではないか」

「ははぁ……天狗の仕業じゃなかったんですかい」

「そんなものがいるわけなかろう」

　千太郎は、苦笑する。

「よいか、親分」

「へぇ……この世に、天狗や化け物などはないのだ。それらはみな人の心がつくり出したものなのだよ」

「はぁ……さいですか。でも、庶民はそう思っていなければやっていけねぇこともあるんでさぁ」

弥市は、暗に哀しい庶民は、不思議な話を作ることで、面倒をさけているのだ、といいたいらしい。

「その話はまた後日しましょうよ」

由布姫が、分け入った。弥市は、へぇと頷いてから、

「ということは、与助が転んだのも、氷川という浪人がやったことですかい？」

「さぁ、そこまで推測はできぬ」

由布姫は、そうですねぇ、と小首を傾げながら、

「それはありうると思いますよ。小柄《こづか》でも打ったかもしれません。それで転ばせたのではありませんか？」

「ありうる……」

と千太郎も同調した。

「とにかく、氷川に会いましょう」

由布姫が、先に家に向かいだした。

六

「お待ち申しておりました」

千太郎が訪いを乞うと、氷川は真新しい衣服を着て、待っていた。

その顔には、さわやかさがあった。

「これはこれは……」

千太郎は感嘆しながら、礼を尽くす。

「お休みのところ、申し訳ない」

「いえ……」

答えた氷川式部が、ふっと不思議そうな目で千太郎を見た。

「お手前は……はて、どちらさまですかな？　おそらく町方は来ると思っていましたが……」

怪訝な目は、千太郎だけではなく、由布姫にも向けられた。

「はて、こちらのお女中は……？」

ふたりを訝《いぶか》しげに交互に見ていたが、

「ははぁ……お忍びですか」

と呟いた。

その台詞に、弥市がまた驚く。

お久美と同じ言葉が氷川式部から出てきたからだ。

しかし、そんな考えをさせないように、すかさず、千太郎が叫んだ。

「おぬし、どうして与助を殺したのだ！」

弥市がびっくりするほどの大声だった。

そのために、弥市の疑いはまたどこかに吹っ飛んだ。

氷川は、ふっふふと笑みを浮かべて、

「なるほど……」

弥市を見て頷いている。

「では、こちらもそのようにいたしましょう」

そう呟くと、

「家のなかは狭い。私が外に行きます」

千太郎と由布姫が引き下がると、その横から、音もなく外に出た。

三人の前に、すっくとたたずむ。

刻限は、午《うま》の刻を過ぎたあたり。

まだ、日は高く日本晴れという程ではないが、空は青く、雲が流れていく。

周りは畑が広がり、人は通らない。

しんとした空気が流れるだけである。

由布姫が、そっと弥市の袖を引いて、後ろに控えさせた。

千太郎と氷川式部がふたりで対峙する形になった。

「お手前には、すでにばれておるようです」

氷川が静かに声を出した。

「殺しかたについては、すぐ気がついた」

千太郎の声も落ち着いている。

「さすがです」

「だが、その動機がわからず、困った。だからすぐ捕縛するわけにはいかなかったのだ……」

「そうでございましたか。お気遣い痛み入ります」

「動機をな……本人の口から聞かせてもらいたい」

「わかりました……」

氷川の声には諦観の趣きがあった。

待っていた、という言葉からも、覚悟をしていたと思える。だから、新しい衣服にも着替えて捕縛に来るのを待っていたのだろう。

「私の妻は安房の出身でした」

「そうか、妻女のほうであったか」

「はい……十年にもなりますか、もっと前かもしれませんが、ある年の夏、私は妻を里帰りさせました。娘を両親に見せてあげたい、という妻の気持ちに応えたのでございます」

「なるほど、そこで、悲劇が起きた……」

「はい、妻子は海に行きました。子どもは初めて目にする大海にそれは喜んでいたといいます。ちなみに娘は、お夏《なつ》といいました。夏に生まれたからです。そして、夏が大好きな娘でした」

静かな氷川の声は、千太郎の後ろで聞いている、由布姫と弥市にも届いている。

「そばに小舟があったと聞く……」

「係留されていた舟なので、妻は流されることもないだろう、と安心していたと申します。途中、夏の小袖が濡れたために、それを干《ほ》そうとしたそうです。一枚だけ脱がせて、それを持って干し場を探すために、そこから少しだけ離れました」

「…………」

「ところが、妻が戻ってみると……」

「娘子は溺れていたと」

「はい。舟の底の一部が悪戯《いたずら》なのか、人が歩くと外れるようになっていたらしいのでございます。そこを踏み外し、夏は体がはまってしまいました。舟には水がどんどん溜まります。夏は逃げることができずに、そのまま……」

氷川は、眉を寄せて涙を我慢している。

「やはり、そうであったか」

「当時は誰がそんな悪戯をしたのか、まるで見当はつかなかったのです。いや、ついてはいましたが、証拠はなかったのです。もちろん、私は悪戯をした者を見つけて斬りたいと願っていました」

「だが、見つからなかった」

「妻は、子を亡くした悲しみがつのって、心の病でいまも実家に臥せっております」

「それは……」

「しかし先日、ひょんなところで、似たような話を聞き、驚愕いたしました」

千太郎は、与助殺しに対する推量を語ると、そのとおりだと氷川は頭を下げた。

「千太郎さま……一手ご指南いただきます」

「やめよ。命を捨てるな」

「いえ、本気で戦いますから、へたをしたら私が勝つやもしれませぬ。もしそうなったら……」

目が由布姫に向いた。

「あのかたとも一手」

「ばかなことを……」

「おそらく、勝ち目はありますまい。ですが、あなた様のような剣客と戦いたいと願うのは、剣術修業をした者の誉れ……」

「ううむ、近頃の若侍に聞かせてあげたいのぉ」

氷川は、ははとかすかに笑って、

「では、お願いいたします」

すらりと刀を抜いて、青眼に構えた。

「ほう……なかなかの腕だ」

「ありがとう存じます」

礼をした瞬間、氷川は刀を振りかぶって、打ちかかった。それを千太郎は、寸の間で躱して、

「えい！」

横に撫で払った。

だが、氷川はくるりと体を回転させてから、その勢いで、袈裟《けさ》に斬り付ける。

千太郎は、それを鎬《しのぎ》で払い、もう一度斬り付けようとしてから、ずずんと前に二歩進んだ。

氷川の目の前に千太郎の体が寄った。

驚いた氷川が、飛び退こうとしたとき、

「そこだ！」

千太郎の一閃が、氷川の脛《すね》を斬った。

「う……さすが、強い……」

蹲《うずくま》りながら、

「ご介錯《かいしやく》を……」

氷川は、地面に正座になり腹を切ろうとする。

「馬鹿者……」

千太郎は、しゃがんで氷川の手を押さえた。

「お前がここで、死んでしまっては、妻女が困るであろう。私がよしなにするから生きよ。生きてお夏さんの供養をしながら、しっかり妻の心を取り戻すことに目を向けよ」

「は……」

「町方については、私にまかせておけ。よいな」

「は、しかし」

「だまれ、これは命《めい》である。後からなんらかの連絡が行くことであろう。それまでこの家で静かに待て、お前のように才ある男を世のなかは見捨ててはならぬ。その代わり、江戸にはいられぬから、それだけは覚悟しておけよ」

氷川式部の忍び泣きが、今戸の畑に響き続けた。

七

千太郎は、由布姫と弥市が待っている場所に戻ると、

「弥市親分……話は聴こえていたな」

「ときどき声が小さくなった以外は、まぁたいがいはわかりました」

「つまり、与助を殺したのは、天狗であったということだな？」

「はぁ？」

「そうであろう？」

「なんです？」

「だから、下手人は、天狗だった。これで決着だ」

千太郎はすたすたと、先に進んでしまった。

弥市は、なんだい、と不服そうな目つきで、由布姫を見る。

「親分……千太郎さんがあのようにいうております。天狗でいいではありませんか？」

「冗談じゃありませんが。でも、まぁ、あんな娘っこの話をされたら、こっちもあまり強いことはいえませんや。しょうがねぇ、今日はあっしはなにも聞いてませんからね。こんな今戸にも来ませんでしたし、千太郎さんと氷川式部なる侍の一騎打ちなんぞも見てませんや《やけ》」

最後は、半分自棄であった。

数日後の片岡屋の奥座敷。

「千太郎さん、どうして私が背中を蹴飛ばされなければいけなかったのです。誰とあの者は見間違えたと思いますか？」

佐原市之丞が、千太郎に食ってかかっていた。

「私にそんなことをいうても詮《せん》ないではないか」

「まぁ、それはそうですが」

「そんなことより、例の話はどうなっておる」

「はぁ……なかなか。父上には怒られるし、まだまだ壁は多いし。そうです、その一番が、千太郎さんです、なんとかしてください！」

千太郎の前に座っていた由布姫がいった。

「なにを騒いでいるのです」

「雪さん、なんとか助けてくださいよ」

だが、由布姫は、どんな話か私の知ったことではない、と冷たく言い放った。

「あぁ……これではいつになったら、志津さんと、あ！　雪さん、話があります」

「知ってますよ。志津を嫁にしたいというのでしょう」

「えぇ？」

「千太郎さんからすでに、聞いています」

「内緒だといったのに……」

市之丞は、怒っているのか、悲しんでいるのかわからぬ声を出す。

千太郎と由布姫は、目を合わせた。

「市之丞、ちとここで待て」

千太郎が、刀かけから二刀とりはずして、腰につける。

「はぁ？　あれ、ふたりでどこへ」

慌てる市之丞に、

「ちと、用事をすませてくる」

「な、なんですか」

市之丞が不服をいおうとしているうちに、千太郎と由布姫は外に飛び出した。

「当分、自分たちの暮らしを変える気持ちはないのだから、市之丞が、志津と一緒になるのも、なかなか難しいだろうなぁ」

千太郎がいうと、由布姫も、

「あいあい」

可愛く返事をする。

時代小説
二見時代小説文庫

贋若殿《にせわかとの》の怪《かい》 夜逃《よに》げ若殿《わかとの》 捕物噺《とりものばなし》6

著者 聖《ひじり》 龍《りゅう》人《と》

発行所 株式会社 二見書房
東京都千代田区三崎町二-一八-一一
電話 〇三-三五一五-二三一一〔営業〕
〇三-三五一五-二三一三〔編集〕
振替 〇〇一七〇-四-二六三九

印刷 株式会社 堀内印刷所
製本 ナショナル製本協同組合

落丁・乱丁本はお取り替えいたします。
定価は、カバーに表示してあります。

 ISBN978-4-576-12143-7
http://www.futami.co.jp/

夜逃げ若殿 捕物噺 夢千両すご腕始末

聖 龍人［著］

御三卿ゆかりの姫との祝言を前に、江戸下屋敷から逃げ出した稲月千太郎。黒縮緬の羽織に朱鞘の大小、骨董目利きの才と剣の腕で江戸の難事件解決に挑む！

夢の手ほどき 夜逃げ若殿 捕物噺2

聖 龍人［著］

稲月三万五千石の千太郎君、故あって江戸下屋敷を出奔。骨董商・片岡屋に居候して山之宿の弥市親分とともに謎解きの才と秘剣で大活躍！ 大好評シリーズ第2弾

姫さま同心 夜逃げ若殿 捕物噺3

聖 龍人［著］

若殿の許婚・由布姫は邸を抜け出て悪人退治。稲月三万五千石の千太郎君との祝言までの日々を楽しむべく由布姫は江戸の町に出たが事件に巻き込まれた！

妖《あや》かし始末 夜逃げ若殿 捕物噺4

聖 龍人［著］

じゃじゃ馬姫と夜逃げ若殿。許婚どうしが身分を隠してお互いの正体を知らぬまま奇想天外な妖かし事件の謎解きに挑み、意気投合しているうちに…第4弾！

姫は看板娘 夜逃げ若殿 捕物噺5

聖 龍人［著］

じゃじゃ馬姫と名高い由布姫は、お忍びで江戸の町に出て会った高貴な佇まいの侍・千太郎に一目惚れ。探索に協力してなんと水茶屋の茶屋娘に！ シリーズ第5弾

蔦《つた》屋でござる

井川香四郎［著］

老中松平定信の暗い時代、下々を苦しめる奴は許せぬと反骨の出版人「蔦重」こと蔦屋重三郎が、歌麿、京伝ら「狂歌連」の仲間とともに、頑固なまでの正義を貫く！

はぐれ同心 闇裁き　龍之助 江戸草紙

喜安幸夫［著］

時の老中のおとし胤が北町奉行所の同心になった。女壺振りと島帰りを手下に型破りな手法と豪剣で、悪を裁く！ワルも一目置く人情同心が巨悪に挑む新シリーズ

隠れ刃　はぐれ同心 闇裁き2

喜安幸夫［著］

町人には許されぬ仇討ちに人情同心の龍之助が助っ人。敵の武士は松平定信の家臣、尋常の勝負はできない。〝闇の仇討ち〟の秘策とは？大好評シリーズ第2弾

因果の棺桶　はぐれ同心 闇裁き3

喜安幸夫［著］

死期の近い老母が打った一世一代の大芝居が思わぬ魔手を引き寄せた。天下の松平を向こうにまわし龍之助の剣と知略が冴える！大好評シリーズ第3弾

老中の迷走　はぐれ同心 闇裁き4

喜安幸夫［著］

百姓代の命がけの直訴を闇に葬ろうとする松平定信の黒い罠！龍之助が策した手助けの成否は？これぞ町方の心意気、天下の老中を相手に弱きを助けて大活躍！

斬り込み　はぐれ同心 闇裁き5

喜安幸夫［著］

時の老中の家臣が水茶屋の妓に入れ揚げ、散財しているという。極秘に妓を〝始末〟するべく、老中一派は龍之助に探索を依頼する。武士の情けから龍之助がとった手段とは？

槍突き無宿　はぐれ同心 闇裁き6

喜安幸夫［著］

江戸の町では、槍突きと辻斬り事件が頻発していた。奇妙なことに物盗りの仕業ではない。町衆の合力を得て、謎を追う同心・鬼頭龍之助が知った哀しい真実！